U0068936

TOSHIKO-TANAKA

田中 稔子の
日本語の文法
——教師の疑問に答えます——

GUIDANCE
ON
JAPANESE GRAMMAR

田中稔子　著
黄　朝　茂　譯

日本近代文藝社授權
鴻儒堂出版社發行

前　言

　　本書係參考過去已出版的文法書及研究文獻編寫而成。將日語的語彙及造句的規則加以整理，以供許多想學習優美而豐富之日語的讀者參考。尤其在編寫時承蒙學習院大學大野晉教授指導，提示甚多，謹此致謝。

　　本書以影響日語之特殊結構最大的助詞用法為重點，從意義上加以分類。助詞用法的不同，使句子的意義產生各種改變，若能熟練地使用助詞，必能將自己的思想和情感正確而清楚地表達出來。因此本書首先提出助詞加以說明。

　　許多文法書的動詞活用表均列有命令形。但從意義上看，無法命令的動詞頗多。如「似ろ」「すぐれろ」「泳げろ」等。到底可以命令之動詞是什麼？無法命令之動詞是什麼？可能動詞之中，像「雨が降れる」「風が吹ける」等說法不能成立，到底那些動詞有可能形態？……本書就這些具有疑問的各種不同用法加以研討和整理。這些疑問大多由外國人向日語教師提出。這些問題我們平常毫未察覺，很自然地在使用著，而外國人則很敏感地認識到了。我們對外國人提出的這些日語的問題，實有必要重新加以檢討，建立一套完整的日語體系。我認為現代語言由我們現代人來整理最為恰當，乃以新的嘗試編寫了本書。

　　本書的問世若能對想要將優美的日語傳送給下一代子孫，甚至於全世界的人們的日語教師有所助益則甚幸。

目　次

前　言

－2－

應　用　篇

G　準助動詞

H　副　詞

I　敬　語

〔2〕從意義上做助詞的分類

〔1〕以「は」和「が」表示的基本句子

我們為了將自己的思想和情感傳達給對方而使用語言。此種意思的傳達，大多由幾個句子所組成。

日語的句子由表示人或事物、事件的「何」「誰」和對此加以説明、敍述的「做什麼，怎麼樣，是什麼」的部分所組成。基本句子由助詞「は」和「が」來表示。以此種「は」和「が」的句子為基礎，而構成各種不同的句子。

何（誰）	は（が）	どうする どんなだ 何だ
桜 桜 桜	は（が） は（が） は（が）	咲く きれいだ 花だ

一般表示「何（誰）」之部分稱為主語，表示「做什麼」「怎麼樣」「是什麼」的部分稱為述語。

A 動詞述語句（以動詞為述語的句子）

朝日が昇る。（朝陽上升。）

月が出た。（月亮出來了。）

雨が降る。（下雨）

春が来た。（春天來了。）

君が話す。（你説。）

ぼくは聞く。（我聽。）

会議が始まる。（會議開始。）

食事は済んだ。（吃過飯了。）

希望が湧く。（産生希望。）

B　形容詞述語句（以形容詞・形容動詞為述語的句子）

背が高い。（個子高。）

水が冷たい。（水很冷。）

わさびが辛い。（山葵菜很辣。）

花が美しい。（花很美。）

冬は寒い。（冬天很冷。）

今日は楽しい。（今天很快樂。）

朝は忙しい。（早上很忙。）

海は静かだ。（海面很平靜。）

山は危険だ。（山很危險。）

C　名詞述語句（以名詞為述語的句子）

あしたが休みだ。（明天放假。）

ぼくが掃除当番だ。（輪到我打掃。）

トマトは野菜だ。（蕃茄是蔬菜。）

叔父は商人だ。（叔父是商人。）

東京は日本の首都だ。（東京是日本的首都。）

(1) 疑問詞的位置

使用助詞「が」的句子，疑問詞都放在「が」的前面，使用助詞「は」的句子，疑問詞都放在「は」的後面。

A 疑問詞＋が

どこが駅ですか。（那裏是車站？）

だれが行きますか。（誰要去？）

どれが正解ですか。（那一個是正確答案？）

いつが休みですか。（什麼時候放假？）

何が見えますか。（可以看到什麼？）

どんな花が好きですか。（你喜歡那一種花？）

どちらが本物ですか。（那一個是眞品？）

B は＋疑問詞

駅はどこですか。（車站是（在）那裏？）

行くのはだれですか。（要去的是誰？）

正解はどれですか。（正確答案是那一個？）

休みはいつですか。（放假是什麼時候？）

見えるのは何ですか。（可以看到的是什麼？）

好きなのはどんな花ですか。（你喜歡的是那一種花？）

本物はどちらですか。（眞品是那一個？）

以上各例可看出「が」的前面是疑問詞，而「は」則不能承接疑問詞。因為「が」的前面是未知的訊息，而「は」的前面是已知的訊息。

(2) 「が」表示未知（新的訊息），
「は」表示已知（舊的訊息）

「が」承接疑問詞，是因為「が」表示新訊息即「未知」之故。如：

姉が帰りました。（姊姊回來了。）

這個句子中，「回來了」是已知，但不知是誰回來了。本句是「誰が帰りましたか（誰回來了）」這個問句的答案。「誰」是尚未知悉的新訊息。其答案是新的訊息「姊姊」。相反地

姉は帰りました。

這個句子中，已知是姊姊，但不知道姊姊怎麼了。本句是「姉はどうしましたか（姊姊怎麼了）」這個問句的答案。「姊姊」是已知的舊訊息。「は」表示已知，在恆常的表達上亦很明顯。

人間は動物だ。（人類是動物。）

２たす３は５です。（２加３是（等於）５。）

万葉集は歌集である。（万葉集是歌集。）

這些句子是任何人都知道的，是不變的事實。如果「は」換成「が」則成為

人間が動物だ。

這個句子的說法變成人類以外不是動物了。可見「は」表示「已知」。即針對已知之事加以說明時使用「は」。

(3) 「が」用於敍述句（現象句），
「は」用於判斷句（説明句）

あっ、雨が降ってきた。（啊！下雨了！）

ほら、月が出た。（你看，月亮出來了。）

這些句子係將實際下雨的現象，眼前月亮出來的現象加以描述的句子，若「が」換成「は」成為

　　　あっ、雨は降ってきた。

　　　ほら、月は出た。

這種句子在日語中是不自然的説法。像這樣，當面對實際情況時，能同時使用坦率表現當場情感的感嘆詞來描述的現象是用「が」來表示。

　　　水が冷たい。（水很冷。）

這個句子用「が」係描寫實際用手去接觸水時，水很冷的感覺。

　　　水は冷たい。（水是冰冷的。）

這個句子是對「水」加以説明，説明「水是冰冷的」。因此，報紙上報導事件的情況的句子是用「が」表示，而加以説明時，則使用「は」。如平成元年七月的一則報導説：

　　　「ゴーッ」という地鳴りとともに、山が崩れた。

　　　（聽到「轟隆」的一聲地鳴，山隨即坍塌了。）

在報導山崖崩塌的消息時使用「が」，而説明其原因時則使用「は」。

　　　十六日午後、福井県……で起きた山崩れは……。

　　　（十六日下午，在福井縣……所發生的山崩事件……。）

再如，報導世界名指揮家卡拉揚去世的消息説

　　　カラヤン氏（81）が16日、オーストリア、ザルッブルク郊

　　　外の自宅で死去した。

　　　（卡拉揚氏（81）於16日，在奧地利、沙爾茲堡郊外的自宅

　　　　去世。）

此句係描述實際發生之事件，故使用「が」，但如下句説明卡拉揚之生平時，則使用「は」。

カラヤン氏は1908年、オーストリアのザルッブルクで外科医の二男として生まれた。

（卡拉揚氏於1908年在奧地利的沙爾茲堡出生，是一個外科醫師的次男。）

在學校的教科書中，説明句亦使用「は」，如：

これはきりんです。ながいくびです。とおくのほうをみています。

（這是長頸鹿。脖子很長。看著遠方。）

これはかばです。みずのなかから、かおをだしています。

（這是河馬，臉部露出水面。）

但同樣這些句子在動物園，實際看到動物做指示時，則使用「が」，如：

これがきりんです。（這是長頸鹿。）

これがかばです。（這是河馬。）

可是在説明其特徵時，又使用「は」，如：

きりんのくびは長くて便利です。遠くのほうを見ることができます。

（長頸鹿的脖子很長又方便，可以看到遠方。）

像這樣構成説明句、判斷句之「は」的功能，在與其他助詞相連接使用時也相同。

A　池に魚がいる。（池塘中有魚。）

B　池には魚がいる。（池塘中〔是〕有魚〔的〕。）

這兩句相比，A是實際表示池塘中有魚的描述句，而B則是説話者已知池塘中有魚，而將此訊息傳達給別人，或加以説明之句。因此，「あっ、池に魚がいる」（啊，池塘中有魚），不能説成「あっ、池には魚がいる」。

(4)　「が」表示詞和詞或語句和語句之關係，而
　　　「は」則關係到全句的組合

　　夏は日が長く、夜が短い。（夏天白天長，夜間短。）

　　「夏は」的「は」係提示全句的主題，涵蓋以下全句。「日が長
く」的「が」僅表示「日」和「長い」之關係，「夜が短い」的「が」
亦僅表示「夜」和「短い」之關係。因此，「は」的功能關係到全句。

　　富士山は背が高く、姿も美しいので、みんなから愛されて
いる。

　　（富士山很高，姿態很美，所以受大家喜愛。）

這個句子中，「は」提示「富士山」這個主題，它有將下列三個要素
加以統合的功能。即下列三句由「は」統合成一句。

　　富士山は背が高い。（富士山很高。）

　　富士山は姿も美しい。（富士山姿態很美。）

　　富士山はみんなから愛されている。（富士山受大家喜愛。）

　　「は」提示主題而作判別、説明時，其提示之主題，支配著全句，
其影響及於句末。相反地，如句中「背が高い」所示，「が」僅表示
詞與詞之間的關係，與全句之組合無關。

　　「が」過去具有將體言與體言加以連接之功能。在奈良時代的
「万葉集」之中有許多用例都是表示體言與體言之關係者，如「わが
君（我的主人），おのが身（我，我的身體）妹が名（妹妹的名字），
誰が恋（誰的愛情），母が手（母親的手），鶴が音（鶴之聲），鳥

が音（鳥的叫聲），松が下（松樹下）」等。此種用法，現在的地名尚遺留甚多。如「城が島，自由が丘，八が岳，霧が峰，関が原，千鳥が淵，霞が浦，由比が浜，剣が崎」等。

這些「城が島」「自由が丘」等的形式，現在以一個詞在使用，並不分析成「城」＋「が」＋「丘」等。在用古語寫成的詩句中亦有許多用例，如「君が代（日本國歌名，皇國江山，你的一生），松が枝（松枝），わが師（吾師），汝が友（汝友），賤が屋（卑微之人），誰がため（為了誰），君がみ胸（你的胸懷）」等。

現在除了地名之外，尚在使用的有「わが国（我国），わが家（我家），わが社（本公司），わが党（吾黨），わが輩（吾輩）」等。

現代日語的助詞「が」原本是由結合前後兩個體言發展而來，所以結合前後兩個詞的功能極強。結果「体言が体言」「体言が用言」便結合成一體而具有一個詞的功能。

(5) 「体言が体言」「体言が用言」構成修飾語發揮一個詞的功能

> あなたが主役の住いです。（你是主人的住宅。）

這個句子的「あなたが主役」成為一個詞，修飾「住い」。

> わたしが作った料理です。（我做好菜。）

這個句子「わたしが作った」亦成為一個詞組，修飾「料理」，這些句子的「が」不能換成「は」。

> ×あなたは主役の住いです。

> ×わたしは作った料理です。

「は」提示主題，即可稍停頓一下。在「あなたは」「わたしは」之處停頓，不像「が」要跟所連接的詞連成一氣。「は」始終都是扮演

提示全句之主題的角色。

(6) 存在句

庭に石がある。（院子裏有石頭。）

川に魚がいる。（河裏有魚。）

上面的句子是回答「どこに石がありますか」「どこに魚がいますか」之句。用「が」表示的句子是描寫實際存在之現象，而用「は」表示的句子則是用以說明或判斷存在的狀況。這個「は」和「が」可以互換而成為「～に～はある」「～が～にある」，但比較自然的句型一般是「～に～がある」「～は～にある」。

(7) 用「は」表示對比

野球<u>は</u>する<u>が</u>、サッカー<u>は</u>しない。

（打棒球，但不玩足球。）

音楽<u>は</u>得意だ<u>けれど</u>、数学<u>は</u>苦手だ。

（音樂很拿手，但數學則很差。）

山へ<u>は</u>よく行く<u>のに</u>、海へ<u>は</u>滅多に行かない。

（常常上山，却很少去海邊。）

ピアノ<u>は</u>弾け<u>ても</u>、ドラム<u>は</u>叩けない。

（會彈鋼琴，但不會打鼓。）

以上的例句是使用逆接的接續助詞（が、けれど、けれども、のに、ても、でも）相連接，用「は」表示對比。所謂對比是將對立的事物加以比較，所以大多使用逆接的條件句構成對比的句子。還有，

兄<u>は</u>音楽家で、弟<u>は</u>画家だ。（哥哥是音樂家，而弟弟是畫家。）

夏<u>は</u>暑く、冬<u>は</u>寒い。（夏天熱，冬天冷。）

上面的句子是用活用語的中止法連接構成對比的句子，也用「は」表示對比。以上的例句都是將對比的事物明確地表達出來。但也有不將對比的事物明確指出，僅作暗示而已。如：

　　お肉は食べない。（肉是不吃。）

　　学校ではおとなしい。（在學校很規矩。）

　　上句暗示著其內容為「お肉は食べないが、ほかのものは食べる（肉雖然不吃，但其他東西要吃）」，下句暗示著其內容為「学校ではおとなしいが、ほかの所ではおとなしくない」（在學校是很規矩，但在其他地方可不規矩了。）

　　在一個句子中也有用兩個以上的「は」者。如：

　　わたしは犬は嫌だ。（我不喜歡狗。）

　　きょうは、日中は暑かったが、夕方は涼しくなった。

　　（今天，白天是很熱，但到了傍晚則很涼爽。）

上例前面的「は」是提示主題，而後面的「は」則表示對比。

(8)　對疑問句・詢問句的回答

　　①答案為肯定時，用「が」表示的疑問句（詢問句）用「が」回答，用「は」表示的疑問句（詢問句）用「は」回答。

　　　　どこが出口ですか。──ここが出口です。

　　　　（哪裏是出口？）　　　（這裏是出口。）

　　　　だれが行きますか。──ぼくが行きます。

　　　　（誰要去？）　　　　　（我要去。）

　　　　どれが甘いですか。──それが甘いです。

　　　　（哪一個是甜的？）　　（那個是甜的。）

　　　　いつが暇ですか。──夜が暇です。

（什麼時候有空？）　　（晚上有空。）

何が見えますか。⟶あひるが見えます。

　（可以看到什麼？）　　（可以看到鴨子。）

どんな色が好きですか。⟶白が好きです。

　（喜歡什麼顏色？）　　　（喜歡白色。）

どっちが動きますか。⟶右側が動きます。

　（哪邊會動？）　　　　（右邊會動。）

君はどこへ行きますか。⟶ぼくは海へ行きます。

　（你要去哪裏？）　　　　（我要去海邊。）

お休みはいつですか。⟶休みは水曜日です。

　（您休假是什麼時候？）　（休假是星期三。）

本物はどれですか。⟶本物はこれです。

　（眞品是哪一個？）　　（眞品是這個。）

これは何ですか。⟶これはひらめです。

　（這是什麼？）　　　（這是比目魚。）

あれはだれですか。⟶あれは姪です。

　（那個人是誰？）　　　（那個人是我的姪女。）

お兄さんはどうして⟶兄はアメリカへ行って

　いますか。　　　　　います。

　（令兄現在怎麼樣？）　（家兄到美國去了。）

やまめはどんな所に⟶やまめは川の上流に住んで

　住んでいますか。　　います。

　（鱒魚棲息在何處？）　（鱒魚棲息在河川上游。）

②答案是否定時，用「が」表示的疑問句亦用「は」回答。

　まだ頭が痛いですか。⟶いいえ、もう頭は痛くありません。

— 11 —

（頭還痛嗎？）　　　　　（不，頭已不痛了。）

食事は済みましたか。──いいえ、まだ食事はしていません。

（吃過飯了嗎？）　　　　（不，還沒吃飯。）

君が話すのか。──いや、ぼくは話さないよ。

（是你要說嗎？）　（不，我不說。）

あの人が妹さんか。──いいえ、あの人は妹ではありません。

（那個人是你的妹妹嗎？）　（不，那個人不是我的妹妹。）

　　如上所述，日語的基本句子是以助詞「は」和「が」來表示，並以「は」和「が」所成的句子為基礎而構成各種句子。此種構成各種句型的助詞，即以前所稱的「てにをは」。

〔2〕助詞的功能

　　日語的句子由表示事物之「何は」「何が」的部分和表示敘述的「どうする」「どんなだ」「何が」之部分所構成。其間插入的助詞用以表示兩者之關係。如：

　　　　私、行きます（我去）。

　　這句話在會話上可以成立，但只這麼說必須對當場的情況和對象有所瞭解，才能把意思傳達正確。如果不加入助詞，這句話可解釋為「私は行きます（我是要去）」「私が行きます（我要去）」「私も行きます（我也要去）」「私だけ行きます（只有我去）」「私まで行きます（連我也要去）」等各種不同的意思。可見助詞扮演著把說話的內容正確傳達給對方的重要角色。而形成句子之基本結構的助詞是「は」和「が」，其使用率也最高。

　　助詞大致可分為四種，即表示詞與詞之關係的格助詞，表示句和句之關係，構成更長之句子的接續助詞，與對方交談時表示叮嚀、勸誘等之終助詞和組合全句之係助詞。以這四種助詞為支柱而構成各種不同的句子。若再細分，可以再舉出對該詞加以限定的副助詞和介於兩個詞之間，僅具有調整語氣功能的間投助詞。

　　①格　助　詞：表示詞與詞之關係。使表示事物或事件之體言（含
　　　　　　　　　相當於體言之詞）和表示敘述之用言具有關係。
　　②副　助　詞：接在各種語詞之下，對該語詞加以限定，具有副詞
　　　　　　　　　的功能。
　　③係　助　詞：提示各種語詞作為句子的主題，發揮組合全句之功
　　　　　　　　　能。

④接續助詞：結合詞和詞，句和句。

⑤終　助　詞：接在句末，用於與對方交談之時，表示叮嚀、勸誘
　　　　　　　等之語氣。

⑥間投助詞：在句中插入文節與文節之間，用以調整語氣或説話
　　　　　　　中頓。

(1)格助詞〔が、を、に、へ、と、より、から、で、の〕

〔が〕①表示主語

　　　　　花が咲く。（花開。）

　　　　　天気がよい。（天氣好。）

　　　　　君が行く（你去。）

　　　　　本がある。（有書。）

　　　　②表示狀態的對象

　　　　　字が書ける。（會寫字。）

　　　　　本がほしい。（我想要書。）

〔を〕①表示動作的對象

　　　　　本を読む。（讀書。）

　　　　　手を洗う。（洗手。）

　　　　②表示動作的起點

　　　　　家を出る。（出門。）

　　　　　電車を降りる。（下電車。）

　　　　③表示經過的場所

　　　　　橋を渡る。（過橋。）

　　　　　空を飛ぶ。（在空中飛。）

〔に〕①表示存在的場所

店に本がある。（商店裏有書。）

池に魚がいる。（池塘裏有魚。）

②表示動作・作用之時間

5時に起きる。（五點起床。）

3月3日に生まれた。（出生於三月三日。）

③表示動作的對象

金魚にえさを与える。（給金魚餵食。）

④表示狀態的對象

駅に近い。（靠近車站。）

熱に強い。（耐熱。）

⑤表示動作的目的

歌手になりたい。（想當歌星。）

⑥表示動作的原因・理由

借金に苦しむ。（為借款而煩惱。）

恋に悩む。（為戀愛而苦惱。）

⑦表示到達點・歸着點

駅に着く。（到達車站。）

家に帰る。（回家。）

⑧表示變化的結果

病気になった。（生病了。）

雪になった。（下雪了。）

⑨表示對象（含使役的對象，被動來源）

友達に相談する。（跟朋友商量。）

先生にほめられる。（被老師誇獎。）

娘に掃除させる。（讓女兒掃地。）

〔で〕①表示動作的場所

　　　　海で泳ぐ。（在海上游泳。）

　　　　店で作る。（在店裏製作。）

　　②表示數量的限定

　　　　３日で完成させる。（在三天内使之完成。）

　　　　２人で遊ぶ。（二個人一起玩。）

　　　　会議は５時で打ち切る。（會議在五點結束。）

　　③表示手段

　　　　船で行く。（搭船去。）

　　　　ナイフで切る。（用刀子切。）

　　④表示材料

　　　　毛絲で編む。（用毛線編織。）

　　　　小麦粉で作る。（用麵粉製造。）

　　⑤表示原因・理由

　　　　台風で倒れる。（被台風吹倒。）

　　　　事故で死ぬ。（因事故而死。）

　　⑥表示動作主體

　　　　みんなで世話をする。（大家一起照顧。）

　　　　会社で負担する。（由公司負擔。）

〔から〕①表示時間和動作・作用之起點

　　　　校門は八時半から開く。（校門從八點半開啓。）

　　　　雨が朝から降っている。（從早上開始就下著雨。）

　　　　話は母から聞いた。（聽母親説的。）

　　　　頭から食べる。（由頭部吃起。）

　　　　心から感謝する。（衷心感謝。）

②表示材料

　　　チーズは牛乳から作る。（乳酪由牛奶製成。）

〔より〕①表示時間和動作・作用的起點

　　　開演は10時より。（10點開演。）

　　　駅より徒歩10分。（由車站徒歩10分鐘。）

②表示比較的基準

　　　去年より今年の夏は暑い。（今年的夏天比去年熱。）

　　　猫より犬のほうが好きだ。（喜歡狗更勝於貓。）

③表示限定（句末為否定）

　　　あきらめるより仕方がない。（只有放棄一途。）

　　　手術するより方法がない。（除了手術，別無他法。）

〔へ〕①表示方向

　　　前へ進む。（向前進。）

　　　右へ回る。（向右轉。）

　　　西へ沈む。（西沉。）

　　　上へ向ける。（向上。）

②表示動作的對象

　　　先生へ手紙を書く。（寫信給老師。）

　　　友達へ電話する。（打電話給朋友。）

　　　仲間へ呼びかける。（向同伴呼籲。）

③表示目的

　　　海外へ留学する。（到國外留學。）

　　　お稽古へ通う。（前往練習。）

〔と〕①表示動作的共同者

　　　友達と〔一緒に〕旅行する。（跟朋友一起去旅行。）

母と〔一緒に〕買物に行く。（跟母親一起去購物。）

②表示相互動作的對象

先生と相談する。（跟老師商量。）

他校と試合する。（跟其他學校比賽。）

③表示變化的結果

正社員となった。（成為正式職員。）

13日退院と決まった。（決定13日出院。）

④表示比較的對象

りんごとバナナはどちらが安いか。

（蘋果和香蕉那一種便宜呢？）

かぶと虫とくわがたの違う点はどこか。

（獨甲蟲和甲蟲之不同在那裏？）

⑤表示引用

もうすぐ帰ってくると思う。（我想馬上就回來了。）

「早く行こう」と言った。（×説：「快點去吧！」）

〔の〕①表示存在

空の星。（天空的星星。）

横浜の外人墓地。（位於橫濱的外國人墓園。）

京都の姉。（住在京都的姉姉。）

池の魚。（池中之魚。）

②表示所有者

君の机。（你的桌子。）

ぼくの気持ち。（我的心情。）

③表示動作的主體

先生の話。（老師的話。）

母の声。（母親的聲音。）

④動作的目的

　子供の世話。（照顧小孩。）

⑤表示立場

　医者の息子。（醫師的兒子。）

⑥表示時間

　夏の海。（夏天的海洋。）

　夕べの空。（傍晚的天空。）

⑦表示數量

　一杯の水。（一杯水。）

　二つの絵。（二幅畫。）

⑧表示位置

　机の下。（桌子下。）

　山の下。（山上。）

⑨表示修飾的主語

　栗の実のなる季節。（栗樹結實的季節。）

　髪の長い少女。（長頭髮的少女。）

A　表示對象的「が」「を」「と」

〔が〕

「が」表示對象時，其後面是狀態性之述語。主要為表示可能
（可以、能夠、會）的動詞、形容詞（形容動詞）、自發的助動詞。

　①「が」的後面是表示可能（可以、能夠、會）的動詞

　　文法がわかる。（懂得文法。）

　　ピアノが弾ける。（會彈鋼琴。）

— 19 —

フランス語ができる。（懂得法語。）

音が聞こえる。（可以聽到聲音。）

海が見える。（可以看到海。）

②「が」的後面是形容詞（形容動詞）

本がほしい。（想要書。）

映画が見たい。（想看電影。）

犯人(はんにん)が憎(にく)い。（憎恨犯人。）

りんごが好きだ。（喜歡吃蘋果。）

天気が心配(しんぱい)だ。（擔心天氣。）

③在自發的句子中表示對象

昔が思い出される。（不禁想起從前。）

人の気配(けはい)が感じられる。（覺得好像有人。）

売れゆきが予想(よそう)される。（可預測銷路。）

将来が案じられる。（擔心未來。）

〔を〕

「を」表示對象時，主要是動作性述語，動作及於對象。若動作不及於對象，則「を」表示經過點或起點。

①「を」表示動作的對象（即表示動作的目的語）

字を書く。（寫字。）

本を読む。（讀書。）

本を植える。（種樹。）

試験を受ける。（參加考試。）

問題を出す。（提出問題。）

此種用法，一般使用他動詞。使役的句子如「子供を行かせる（叫小孩子去）」亦有使自動詞者。

再者，「を」的後面，有時也有狀態性的述語，如「～をしたい」或「可能動詞」。

> {水が飲みたい。（想喝水。）
> {水を飲みたい。（想喝水。）

> {漢字が書ける。（會寫漢字。）
> {漢字を書ける。（會寫漢字。）

「水が飲みたい」用於表示人的本能需求時，可與感嘆詞一起使用。如「ああ！水が飲みたい」。「が＋動詞たい」如「映画が見たい」「話がしたい」「秘密が知りたい」等，並非動作及於其他、影響到其他事物，只是自己內心所具有的期望狀態而已。大多用於表示對對象瞬間興起的內心期望。相反地，「を＋動詞たい」如：

> 水を飲みたいと思う。（我想喝水。）
> お話を聞きたいと言う。（說想聽故事。）
> 花を飾りたいから。（因為想擺飾花。）
> 本を読みたいので。（因為想看書。）
> 山登りをしたいが。（想登山。）

大多使用在「と思う」「と言う」的引用句，「のです」「から」之類的表示理由‧說明的句子，和「が」「けれども」等條件句之中。其他如：

> {×子供が助けたい。
> {○子供を助けたい。（想幫助小孩。）

> {×友達が訪ねたい。
> {○友達を訪ねたい。（想拜訪朋友。）

跟主語有混淆之可能時，用「を～たい」來表達。再者，「が～たい」如「水が飲みたい」「映画が見たい」「話がしたい」等結合密切，

全體當一個片語使用。但「を〜たい」則可在「を」與「〜たい」之間插入較長的句子成分。如：

映画をもっとゆっくり見たいと思う。

（我想更慢慢地欣賞電影。）

凧を空高く揚げたい。（想把風箏放得高高地。）

助詞「が」原本是連結體言的。如「わが国」「梅が香」等，所以「が〜たい」也同樣當做一個片語來使用，其間無法插入其他語詞。而助詞「を」主要用於表示動作及於其他事物，所以「たい」所表示的願望，不只是自己本能的需求，亦及於對方或關係到對方，或接受對方的恩惠時也使用「を」。另外自己本身的需求不是瞬間或本能的，而是表示經過思考的願望時也使用「を」。

「を」的後面有時亦用動詞的可能形。如：

ピアノを弾ける。（會彈鋼琴。）

字を書ける。（會寫字。）

英語を話せる。（會説英語。）

這些句子的「を」亦可換成「が」，但這個情況下「を」和「が」在用法上有何區別則不詳。（譯註：有的學者認為在此種情況下，「が」強調對象，而「を」則以動作為重點）。不過

山が見える。（可以看到山。）

音が聞こえる。（可以聽到聲音。）

的「が」不能換成「を」，即「山を見える」「音を聞こえる」之句無法成立。這大概是因為「が」表示自然的動作，而「を」含有動作・作用及於其他事物之意吧！

〔に〕

「に」本來是表示場所之助詞，由此而衍生許多各種不同的用法

。因此「に」在基本上具有表示存在之意。

　　「に」用於表示對象時係表示動作・作用及於廣義的存在場所、
到達點。如：

　　　　植木に水をやる。（給盆栽的樹木澆水。）

這個「やる」的動作，其「給於什麼」的内容對象（即目的語）用
「を」表示。而該動作所及之對象、動作所及之場所，則使用「に」來
表示。

　　　　犬にえきを与える。（給狗食物。）

　　　　テーブルに花を飾る。（在桌子擺飾花。）

　　　　富士山を写真にとる。（拍富士山的照片。）

　　　　ノートに漢字を書く。（把漢字寫在筆記簿上。）

　　　　車に荷物を積む。（把行李放在車上。）

　　　　川に釣竿を投げる。（把釣竿投入河中。）

B　表示場所的「を」「に」「で」

〔を〕

助詞「を」表示起點・經過的場所。（註：該動詞為移動動詞）

　　①表示起點

　　　　家を出る。（出門。）

　　　　陸を離れる。（離陸。）

　　　　電車を降りる。（下電車。）

　　　　故郷を去る。（離開故郷。）

　　　　学校を卒業する。（學校畢業。）

　　②表示經過的場所

　　　　橋を渡る。（過橋。）

廊下を走る。（在走廊上跑。）

店の前を通る。（經過商店前。）

道を歩く。（在路上走。）

空を飛ぶ。（飛過天空。）

〔に〕

助詞「に」表示存在及到達的場所。

①表示存在的場所

東京に住む。（住在東京。）

海に魚がいる。（海中有魚。）

工場に機械がある。（工廠中有機器。）

②表示到達的場所

駅に着く。（到達火車站。）

家に帰る。（回到家。）

おふろに入る。（洗澡。）

会議に出席する。（出席會議。）

結論に達する。（有結論。）

〔で〕

助詞「で」表示動作進行的場所

店で働く。（在商店工作。）

体育館でバドミントンをする。（在體育館打羽毛球。）

教室で本を読む。（在教室看書。）

食堂でラーメンを食べる。（在餐廳吃拉麵。）

二階の部屋でテレビを見る。（在二樓的房間看電視。）

庭に木を植える。（把樹種在院子裏。

——指定種樹的場所。）

庭で木を植える。（在院子裏種樹。
　　　　　　　——指從事種植作業的場所。）

山に登る。（爬上山頂。
　　　　——指到達場所，山頂或目的地。）

山を登る。（爬山。
　　　　——指由山下往山上爬，經過的場所。）

空で飛ぶ。（在空中飛。
　　　　——指在一定的範圍內，繼續飛行的場所。）

空を飛ぶ。（飛過天空。
　　　　——指經過的場所。）

C　表示材料的「から」和「で」

〔から〕

「から」表示原有的材料發生變化而産生新的東西。

ビールは麦から作る。（啤酒由小麥釀造。）

うどん粉は小麦から作る。（麵粉由小麥製成。）

絹系は繭から採る。（絲線採自蠶繭。）

お豆腐は大豆から作る。（豆腐用大豆製成。）

チーズは牛乳から作る。（乳酪由牛奶製成。）

〔で〕表示材料未發生變化，利用其製成産品。

セーターを毛系で編む。（用毛線編織成毛衣。）

屋根を瓦で葺く。（用瓦蓋屋頂。）

飛行機を紙で作る。（用紙折成飛機。）

帽子を麦わらで作る。（用麥稈編成帽子。）

障子を紙で張る。（用紙糊成拉門。）

D　表示起點的「を」「から」「より」

〔を〕表示從場所、領域、地位、生活的場所移動之起點。

家を出る。（出門。）

国を去る。（出國。）

陸を離れる。（起飛。）

学校を卒業する。（學校畢業。）

舞台を降りる。（下舞台。）

仕事を辞める。（辭去工作。）

会社を引退する。（辭去公司之職。）

電車を降りる。（下電車。）

門を入る。（從門進入。）

〔から〕表示行使動作・作用的時間、數量、方向、人物、場所、事件等之起點。

昔から知っていた。（以前就知道了。）

８時から始まる。（從八點開始。）

あしたから旅行する。（明天起要出去旅行。）

選挙権は20歳から。（20歳起有選舉權。）

特価品は千円から。（廉價品自一千元起。）

東京から大阪まで。（從東京到大阪。）

太陽が東から昇った。（太陽自東方升起。）

向こうから誰か来たようだ。（好像有人從那邊來了。）

後ろから急に肩を叩かれた。（突然被人從後拍肩膀。）

蚊の群が左右から迫って来た。（成群的蚊子從左右飛來。）

君から話してくれたまえ。（由你幫我説吧！）

母からよろしくと申してました。（家母説向你問好。）

— 26 —

英語から勉強を始めよう。（從英文開始學起吧！）

〔表示場所和起點的「を」和「から」的不同〕

「を」和「から」同樣表示起點，但其用法不同。「から」的用法中有表示時間、數量、方向、人物、事件等各種起點的用法，但「を」沒有。「を」和「から」的共同用法表示場所的起點。但雖然同樣表示場所的起點，而其用法則有別。

「を」表示以意志移動時之場所的起點。

「から」表示與意志無關，只是身體之移動和物體移動時之場所的起點。

①表示動作‧作用之語詞相同時。

$$\begin{cases} 家\underline{を}出る。（出門。）\\ 家\underline{から}出る。（從家裏出來。）\end{cases}$$

$$\begin{cases} 門\underline{を}入る。（從門進入。）\\ 門\underline{から}入る。（從門進入。）\end{cases}$$

$$\begin{cases} 電車\underline{を}降りる。（下電車。）\\ 電車\underline{から}降りる。（從電車上下來。）\end{cases}$$

②不能用相同的語詞表示動作‧作用時

$$\begin{cases} ○学校\underline{を}卒業する。（學校畢業。）\\ ×学校\underline{から}卒業する。\end{cases}$$

$$\begin{cases} ○会社\underline{を}辞める。（辭去公司之職。）\\ ×会社\underline{から}辞める。\end{cases}$$

$$\begin{cases} ×目\underline{を}涙が出る。\\ ○目\underline{から}涙が出る。（眼淚流出來。）\end{cases}$$

$$\begin{cases} ×木\underline{を}実が落ちる。\\ ○木\underline{から}実が落ちる。（果實從樹上掉下來。）\end{cases}$$

僅由學校這個場所移動身體時，「学校を出る」「学校から出る」

兩者都可成立，但如果修畢學校課程，結束學校生活而離開學校時，則只能用「を」，即「学校を卒業する」「学校を修了する」。可見「を」不僅是移動身體時使用，亦使用於以意志移動之時。而與意志無關，僅身體的移動或物體的移動時則使用「から」。

- ○今年の春、大学を出て就職しました。
  - （今年春季大學畢業就職了。）
- ×今年の春、大学から出て就職しました。

- ○寺の門を入って、仏道修行をしました。
  - （進入佛門修行。）
- ×寺の門から入って、仏道修行をしました。

- ○電車を降りて、会社に向かった。
  - （下電車前往公司。）
- ×電車から降りて、会社に向かった。

- ○家を出て、一人で暮らしはじめた。
  - （離開家開始自己一個人生活。）
- ×家から出て、一人で暮らしはじめた。

- ×本が書棚を落ちた。
- ○本が書棚から落ちた。
  - （書從書架上掉下來。）

- ×土を芽が出た。
- ○土から芽が出た。（芽冒出地面。）

〔より〕用法與「から」相同，表示行使動作・作用之時間、場所、方向、人……等各種起點，但係較古老的語言，只用在文章上，現代的口語已幾乎不用。在看板、佈告牌、廣告、書信等省略句尾時亦可使用。

最寄りの駅上り徒歩10分。（由最近的車站徒歩10分鐘。）

太郎へ……母より。（給太郎……母親寄。）

上映時間は午前10時より。（放映時間是10點開始。）

受講資格は満18歳より。（聽講資格從18歲起。）

御注文は５千円より承ります。

（接受預約的金額從五千元起。）

E　表示方向的「へ」和「に」

〔学校へ行ってきます。
〔学校に行ってきます。

　現在我們對表示方向的「へ」和「に」，並未特意加以區分使用。但古代因地方不同，用法亦有別。室町時代有句諺語説「京へ筑紫に坂東さ」。亦即京都一帶用「へ」，九州地區用「に」，關東地區用「さ」。現在東北地區尚使用「さ」，如「学校さ行ってくる」（我要去學校），「山さ行ってくるべえ」（我要到山裏去哦）。東京原使用「さ」，到了江戸時代，由關西傳來「へ」的用法，到明治末期又傳進「に」的用法，於是「さ」「へ」「に」並用。不知何時，「さ」被逼到東北，而東京只使用「へ」和「に」了。有二個助詞用法相同，就有人想加以區分，使其各具不同的用法。於是「へ」就用來表示方向，而「に」用來表示歸着點。

　現在「へ」和「に」的用法有二種情況，一是用法相同者，一是用法有別者。如：

〔海へ行く。（到海邊去。）　　〔家へ着く。（到家。）
〔海に行く。　　　　　　　　　〔家に着く。

— 29 —

$$\begin{cases} 右 \underline{へ} 曲がる。（向右轉。） \\ 右 \underline{に} 曲がる。 \end{cases} \qquad \begin{cases} 屋根 \underline{へ} 登る。（他到屋頂。） \\ 屋根 \underline{に} 登る。 \end{cases}$$

$$\begin{cases} 南 \underline{へ} 進む。（向南進。） \\ 南 \underline{に} 進む。 \end{cases} \qquad \begin{cases} 横 \underline{へ} 伸びる。（向旁邊延伸。） \\ 横 \underline{に} 伸びる。 \end{cases}$$

這些用法在日常生活中並未特別加以區分，因人因地而適當應用即可。寫文章時，有時特別注意到方向而用「へ」，注意到歸着點而用「に」，以示區別。

再如：

$$\begin{cases} ×映画 \underline{へ} 行く。 \\ ○映画 \underline{に} 行く。（去看電影。） \end{cases} \qquad \begin{cases} ×泳ぎ \underline{へ} 行く。 \\ ○泳ぎ \underline{に} 行く。（去游泳。） \end{cases}$$

$$\begin{cases} ×買い物 \underline{へ} 行く。 \\ ○買い物 \underline{に} 行く。（去購物。） \end{cases} \qquad \begin{cases} ×釣り \underline{へ} 行く。 \\ ○釣り \underline{に} 行く。（去釣魚。） \end{cases}$$

這些用例中的「映画」「買い物」「泳ぎ」「釣り」並非方向或場所的名稱，這種用法的「に」是表示目的，所以不能使用「へ」。

F　表示結果的「に」和「と」

$$\begin{cases} 水を沸かすと湯 \underline{に} なる。（水煮沸即變成開水。） \\ 水を沸かすと湯 \underline{と} なる。 \end{cases}$$

$$\begin{cases} 二に三をたすと五 \underline{に} なる。（二加三等於五。） \\ 二に三をたすと五 \underline{と} なる。 \end{cases}$$

$$\begin{cases} ちりも積もれば山 \underline{に} なる。（積沙成山。） \\ ちりも積もれば山 \underline{と} なる。 \end{cases}$$

這些例句都是表自然成為那種狀態，「に」的後面為表示狀態變化的「なる」。「に」和「と」幾乎用於相同的意義，並未特意加以區分。只是「と」的用法較古老，年輕人大多使用「に」。「と」僅

使用於表示恆常性的判斷或諺語和慣用句等。

相反地，「に」的後面如果是意志性的動詞，用法即有別，如：

古い洋服を雑巾<u>に</u>する。（用舊西服<u>做成</u>抹布。）

古い洋服を雑巾<u>と</u>する。（用舊西服<u>當做</u>抹布。）

「做成抹布」係意味著將原來的材料——西服加以變化，改做成抹布來使用。而「當做抹布」，係意味著原來的西服並未改變形態，直接拿西服來當抹布用。亦即「にする」表示「變化的結果」，「とする」表示「轉化的結果」。

G　代用體言的「の」

歩く<u>の</u>が遅い。（走路慢。）

この本は学校<u>の</u>だ。（這本書是學校的。）

這種用法的「の」係省略了「こと」和「もの」的意思，具有體言的功能，也稱為形式體言。亦稱為準體助詞。

(2)副助詞〔さえ、でも、だって、きり、だけ、まで、ばかり、ほど、くらい（ぐらい）、など、なり、やら、か〕

〔さえ〕①從同類中提出一項加以限定（亦含有暗示其他的功能）。

子供で<u>さえ</u>知っている。

（連小孩都知道。）〔大人更應知道。〕

②提出一項加以強調。

水<u>さえ</u>あれば救^{すく}われたのに。

（只要有水就獲救了。）〔可惜……〕

③表示添加

雨だけでなく、雷さえ鳴り出した。

（不只是下雨，也打雷了。）

〔でも〕①從同類中提出某一事物，做為例子

コーヒーでも飲みませんか。（喝杯咖啡好嗎？）

映画でも見に行こう。（去看看電影吧！）

②從同類中提出一項表示其限界

親でも知らないことがある。

（連父母有時都不知道。）─〔其他的人可能更不知
道。〕

③接疑問詞，表示全部

だれでも知っている。（任何人都知道。）

どこでも売っている。（到處都有賣。）

何でも分かる。（什麼都懂。）

〔だって〕①從同類中提出某一事物，表示相同的內容亦可成立。

君にだって分かるだろう。（你也懂吧！）

今からだって遅くない。（現在開始也不遲。）

②從同類中，提出相同內容可成立的事物表示列舉。

桃だって柿だって栗だって果物だ。

（桃子、柿子、栗子都是水果。）

彼の家は車だって、バイクだって自転車だってある。

（汽車、摩托車、脚踏車，他家都有。）

③接疑問詞，表示全部

だれだって幸せを望んでいる。（任何人都希望幸福。）

何だって食べる。（什麼都吃。）

いつだってよいよ。（什麼時候都可以。）

〔きり〕表示限定

　　　　あれっきり会ってない。（上次見面之後就未再見面。）

　　　　休みもあと三日っきり。（放假只剩三天。）

　　　　借りたっきり返さない。（只借不還。）

　　　　寝たっきり起きてこない。（一睡不起。）

〔だけ〕①表示限定

　　　　食べたいだけ食べなさい。（請儘量吃。）

　　　　あなたにだけ教えます。（只教你一個人。）

　　　②表示程度

　　　　それだけ話せばいい。（那様説就可以了。）

　　　　半分だけでも下さい。（請給我一半吧！）

　　　③表示程度隨比例上升。

　　　　努力するだけ成果が上がる。（越努力越有效果。）

　　　　食べれば食べるだけ太る。（越吃越胖。）

　　　④對意料之外的事物，表示「因此，更加」之意

　　　　ふだん気が強いだけに気の毒だ。

　　　　（由於平常很倔強，因而更加可憐。）

　　　　何も言わないだけにこわい。

　　　　（什麼都不説因而更加可怕。）

〔まで〕①表示時間・距離・所在・思考等範圍的限界

　　　　雨が夕方まで降りつづけた。（雨持續下到傍晚。）

　　　　東京から横浜まで船に乗る。（從東京坐船到横濱。）

　　　　父が帰るまで待って下さい。（請等到父親回來。）

　　　　心ゆくまでゆっくり味おう。（慢慢地品嚐到滿意為止。）

　　　②從同類中提出某一事物，表示其範圍之限界

子供にまで笑われる。（甚至於被小孩子取笑。）

親にまで信用しない。（連父母都不相信。）

③表示添加

御馳走になつた上、お土産までいただいた。

（請吃飯，還送禮物。）

頭が痛いのに、歯まで痛くなった。

（不但頭痛，連牙齒也痛了。）

〔ばかり〕①表示程度

1時間ばかり歩く。（走一個小時。）

2日ばかり休んだ。（休息了二天。）

3人ばかり遊びに来た。（有三人來玩。）

②表示限定

酒ばかり飲む。（光喝酒。）

テレビばかり見る。（光看電視。）

気持ちばかりの品を届ける。（寄送聊表心意的東西。）

③表示原因・理由

どなったばかりに、みんなに嫌われた。

（只因大聲吼叫，而惹人厭。）

④表示動作・作用即將發生

今にも雨が降るばかりの空模様だ。

（看天空的樣子，馬上就要下雨了。）

あとは寝るばかりだ。（接著只是睡覺了。）

⑤表示動作・作用剛完成

今、起きたばかりだ。（現在剛起床。）

風が止んだばかりだ。（風剛停止。）

〔ほど〕①表示概數

　　　　5時間ほど寝た。（睡了五小時。）

　　　　2千円ほど値上げした。（漲價二千元左右。）

　　　②表示比較的程度

　　　　お水ほどおいしい飲み物はない。

　　　　（沒有比水更好喝的飲料。）

　　　　思ったほど難しくなかった。（不像所想的那麼難。）

　　　　大阪も東京ほど便利ではない。

　　　　（大阪也不像東京那麼方便。）

　　　③表示程度隨比例增加

　　　　練習すればするほど上達する。（越練習就越進步。）

　　　　暑くなるほどビールが売れる。

　　　　（天氣越熱，啤酒的銷路越好。）

　　　　考えれば考えるほどいやになる。（越想越討厭。）

〔くらい（ぐらい）〕①表示程度（時間、數量的概數）

　　　　二週間ぐらいで治る。（二個星期左右可全癒。）

　　　　今年ぐらい雨の多い夏は珍しい。

　　　　（雨量像今年這麼多的夏季很少。）

　　　　このくらいの値段なら買える。

　　　　（像這樣的價錢買得起。）

　　　②表示程度（比喩）

　　　　うずらのたまごぐらいの大きさ。（像鵪蛋那麼大。）

　　　　泣きたいくらい悲しい出来事。（幾乎想哭的傷心事。）

　　　③從同類中輕舉一例。

　　　　お茶ぐらい飲んで行きせんか。（喝杯茶再去好嗎？）

お休みの日ぐらいゆっくり寝ていた。

（像放假的日子都充分休息。）

〔など（なんか）〕①表示例示（列舉同類之事物，暗示其他還有同
類的事物）

ノートや本やペンなどがある。（有筆記簿、書、筆等。）

動物園には熊やライオンやとらなどがいる。

（動物園裏有熊、獅子、老虎等。）

②表示例示（從同類中舉出一例，暗示其他還有同類事物。）

お茶など飲みませんか。（喝喝茶好嗎？）

映画など見ましょう。（看看電影吧！）

③表示例示（以否定語氣，含有輕視之意。）

君になんか分かるものか。（你怎麼懂呢！）

心配などしなくてよい。（可不用擔心。）

〔なり〕①從同類之中提出一項作為例示。

係りの者なりに申し出て下さい。

（請向主辦人等提出申請。）

お休みの日なり伺います。（放假日（等日子）去拜訪。）

②表示選擇。

電話なり手紙なりで知らせて下さい。

（請打電話或寫信告訴我。）

親なり兄弟なりに相談してみる。

（跟父母或兄弟姊妹商量看看。）

③表示全部。

どこなりと伺います。（不論那裏我都去。）

どの教室なり使って下さい。（任何教室都可使用。）

〔やら〕①表示不確定。

　　　　どこやらで見かけた絵だ。

　　　　（這幅畫好像在什麼地方見過。）

　　　　何やら動く気配がする。（覺得好像有動的跡象。）

　　　　何を考えてるやらさっぱり分からい。

　　　　（完全不懂他在想什麼。）

　　　②表示故意不説清楚。（用「とやら」之形式表示模稜兩可

　　　的説法）。

　　　　ふぐとやらをはじめて食べた。

　　　　（第一次吃河豚什麼的。）

　　　　昨日、みかん狩りとやらに行ってきた。

　　　　（昨天去採橘子什麼的。）

　　　③表示不確定的對比。

　　　　降るやら降らないやらはっきりしない天気だ。

　　　　（這種天氣下不下雨，看不出來。）

　　　　帰るやら帰らないやら早く決めよう。

　　　　（要不要回去趕快決定吧！）

　　　④表示列舉。

　　　　海には鰯やら鮭やら鯵やらいろんな魚がいる。

　　　　（海裏有沙丁魚、鮭魚、竹筴魚等各種魚類。）

〔か〕①表示不確定。

　　　　だれか立っている。（有人站著。）

　　　　何か光った。（有什麼物體發光了。）

　　　　疲れたせいか眠ってしまった。

　　　　（也許是因為累而睡著了。）

降るか降らないかはっきりしない。

（下不下雨，不清楚。）

②表示選擇。

リンゴかみかんを買って来てね。

（買蘋果或橘子來呀！）

テニスかバレーボールでもして遊ぼう。

（打打網球或排球吧！）

③表示立即之意。

家に着くか着かないうちに雨が降り出した。

（一到家就下起雨來了。）

食べ終わるか終わないうちに、友だちが訪ねてきた。

（一吃完飯，朋友就來訪了。）

A　表示例示的「でも」和「だって」

何でもわかる。（什麼都懂。）

何だってわかる。（什麼都懂。）

「でも」和「だって」的用法大多相同，但「でも」有輕輕舉例的用法，「だって」則無。如：

- ○お茶でも飲みませんか。（喝喝茶好嗎？）
- ×お茶だって飲みませんか。
- ○鎌倉へでも行ってこよう。（去鎌倉一趟吧！）
- ×鎌倉へだって行ってこよう。
- ○おふろにでも入ってきたら。（洗個澡怎麼樣。）
- ×おふろにだって入ってきたら。

B　表示限定的「だけ」和「しか」

「だけ」可用於肯定亦可用於否定，但「しか」只能用於否定。
如：

> ○ノートだけ買った。（只買了筆記簿。）
> ×ノートしか買った。

> ○ノートだけ買ってない。（只有筆記簿沒有買。）
> ○ノートしか買ってない。（只買了筆記簿。）

　　「だけ」和「しか」雖然都能用於否定，但「だけ」只使用於所限定的事物不實現時，而「しか」則用於所限定的事物實現最低限度時。亦即「ノートだけ買ってない」「ノートだけ買わなかった」（只有筆記簿沒有買），用「だけ」限定而加以否定時，是表示「不買筆記簿」的狀態，但使用「しか」時，則表示其他東西不買，只買了筆記簿。

C　表示範圍的「まで」「までに」「にまで」

> a.10時まで雨が降った。（雨下到十點。）
> b.10時までに雨が降った。（十點以前下了雨。）

　　a句表示雨持續下到十點，b句表示在十點之前某一時間下了雨。「まで」表示動作・作用持續進行的範圍，而「までに」表示在某範圍內的某一時間。因此，使用繼續動詞時，「まで」的句子可以成立，而「までに」的句子則不成立。

> ○10時まで雨が降りつづいた。（雨持續下到10點。）
> ×10時までに雨が降りつづいた。

　　相反地，表示始動時，可使用「までに」，但不能使用「まで」。

$\left\{\begin{array}{l}×10時\underline{まで}雨が降り出した。\\ ○10時\underline{までに}雨が降り出した。（十點以前就下起雨來了。）\end{array}\right.$

$\left\{\begin{array}{l}×お昼\underline{まで}掃除を始めた。\\ ○お昼\underline{までに}掃除を始めた。（中午以前就開始打掃了。）\end{array}\right.$

表示動作・作用結束之時間時，使用「までに」，但不能使用「まで」。

$\left\{\begin{array}{l}×10時\underline{まで}雨が止んだ。\\ ○10時\underline{までに}雨が止んだ。（10點以前雨就停了。）\end{array}\right.$

$\left\{\begin{array}{l}×お昼\underline{まで}掃除を終わった。\\ ○お昼\underline{までに}掃除を終わった。（中午以前就打掃完畢。）\end{array}\right.$

移動的範圍以「まで」表示，而移動到達時刻則用「までに」表示。

$\left\{\begin{array}{l}○大阪\underline{まで}行く。（去大阪〔到大阪為止〕。）\\ ×大阪\underline{までに}行く。\end{array}\right.$

$\left\{\begin{array}{l}×10時\underline{まで}行く。\\ ○10時\underline{までに}行く。（十點以前去。）\end{array}\right.$

總之，「まで」廣泛地表示範圍，而「までに」則有限定時間範圍的功能。

再者，就「までに」和「にまで」加以比較，如：

　　ａ.日曜日までに買い物をする。（在星期日以前購物。）

　　ｂ.日曜日にまで買い物をする。（連在星期日也購物。）

ａ句表示購物的時間是星期日之前，而ｂ句的購物時間含星期日在内。

D 表示程度的「ほど」「ばかり」「くらい（ぐらい）」

1時間ほど休んだ。（休息了一小時左右。）
1時間ばかり休んだ。（休息了一小時左右。）
1時間くらい休んだ。（休息了一小時左右。）

2キロほど歩いた。（走了2公里左右。）
2キロばかり歩いた。（走了2公里左右。）
2キロくらい歩いた。（走了2公里左右。）

3万円ほど貯金した。（儲蓄了3萬元左右。）
3万円ばかり貯金した。（儲蓄了3萬元左右。）
3万円くらい貯金した。（儲蓄了3萬元左右。）

表示數量的程度時，「ほど」「ばかり」「くらい」的意義幾乎相同。其中「ほど」最接近「正好」，其程度順序是ほど→ばかり→くらい。而接近「大約」之意。

此外，尚有各不相同的用法。

a．「ばかり」的單獨用法。

①表示原因・理由的程度

10分遅れたばかりに、店が閉まってしまった。

（只因遲到了十分鐘，商店已打烊了。）

お金がないばかりにみんなから馬鹿にされる。

（只因沒有錢，就被大家看不起。）

②表示動作・作用即將發生。

あとは寝るばかりだ。（剩下的只有睡覺。）

食事の用意もできて食べるばかりになっている。

（飯已準備好，只等吃了。）

③表示動作・作用剛完成。

— 41 —

たった今、出かけたばかりです。（剛剛出去了。）

さっき、読み終わったばかりだ。（剛剛讀完。）

④表示限定。

テレビばかり見ている。（光看電視。）

ピアノばかり弾いている。（光彈鋼琴。）

b.「ほど」的單獨用法。

①表示程度隨比例而變化。

練習すればするほど上手になる。（越練習越好。）

知識が多ければ多いほどよい。（知識越多越好。）

雨が降れば降るほど川の水は増す。

（雨下越多，河水就越漲。）

②表示程度的限界

入院するほどのことはない。（尚不必住院。）

爪の垢ほども考えたことはない。（一點也未曾考慮過。）

露ほども知らなかった。（一點也不知道。）

c.「くらい」的單獨用法。

①從同類中舉出程度較輕之例

お茶くらい飲んでいきませんか。（喝杯茶再去好嗎？）

電話くらいかけてくる暇あるでしょう。

（打個電話的時間總該有吧！）

お休みの日くらいゆっくりしよう。

（放假的日子好好休息吧！）

私にくらい教えて下さいよ。（請你也教教我嘛！）

②上接連體詞。

このくらい広ければいいな。（這麼寬就好了。）

そのくらいがちょうどいい。（那樣剛剛好。）

あのくらいは仕方がない。（那樣可沒辦法。）

どのくらい休みましたか。（休息了多久？）

（以上的用法，具有體言的性質，副助詞的功能較弱。）

③上接接尾語「ずつ」。

三つずつくらい配る。（各分了3個。）

五人ずつくらいに組み分ける。（各分為五個人一組。）

④與「……頃」同義。

映画が始まって、30分ぐらいから眠ってしまった。

（電影開始放映後30分鐘左右就睡着了。）

夏休みくらいを目標にがんばろう。

（以暑假為目標努力加油吧！）

月曜日ぐらいまでに決めておく。（在星期一以前決定。）

⑤表示最低的程度

これくらいは我慢してほしい。

（這一點小事希望忍耐一下。）

お水くらいはただでサービスします。（水免費供應。）

d.「ほど」和「くらい」共有的用法。

強調程度（大多是比喩性的）

｛飽きるほど泳いだ。（游泳都游膩了。）

｛飽きるくらい泳いだ。（游泳都游膩了。）

｛うんざりするほど食べた。（都吃膩了。）

｛うんざりするくらい食べた。（都吃膩了。）

｛涙が枯れるほど泣いた。（眼淚都快哭乾了。）

｛涙が枯れるくらい泣いた。（眼淚都快哭乾了。）

$$\begin{cases} 君ほど強い人はいない。（沒有人比你更強了。）\\ 君くらい強い人はいない。（沒有人比你更強了。）\end{cases}$$

e.「くらい」和「ばかり」共有的用法。

上接副詞

$$\begin{cases} 少しくらい遅れたっていいよ。（稍微遲到一點無妨。）\\ 少しばかり遅れたっていいよ。（稍微遲到一點無妨。）\end{cases}$$

$$\begin{cases} ちょっとくらい我慢しなさい。（請稍忍耐一點。）\\ ちょっとばかり我慢しなさい。（請稍忍耐一點。）\end{cases}$$

E 表示例示的「など」和「なんか」

$$\begin{cases} コーヒーなどいかがですか。（來杯咖啡如何？）\\ コーヒーなんかいかがですか。（來杯咖啡如何？）\end{cases}$$

「など」「なんか」同樣有表示例示的用法。「なんか」的説法比「など」更為平易，以表示比其他更不足取的心情，加以例示。

(3) 係助詞〔は、も、こそ、しか〕

〔は〕①提示恆常性的判斷。

人間は動物である。（人是動物。）

一年は12ヶ月ある。（一年有十二個月。）

万葉集は歌集です。（萬葉集是歌集。）

②提示確定性的判斷。

わたしはこう思う。（我這樣想。）

月はきれいだ。（月亮是漂亮的。）

これは本です。（這是書。）

③表示對比。

　　父は医者で、母は看護婦だ。

　　（父親是醫師，母親是護士。）

　　コーヒーは飲むが、紅茶は飲まない。

　　（喝咖啡，但不喝紅茶。）

　　体は小さいが、心は大きい。（體型雖小，但志氣很大。）

　　りんごは好きだが、みかんは嫌いだ。

　　（喜歡吃蘋果，但不喜歡吃橘子。）

④否定性質・狀態時，做判別。

　　高くはない。（並不高。）

　　悲しくはない。（並不傷心。）

　　忙しくはない。（並不忙。）

　　静かではない。（並不安靜。）

　　危険ではない。（並不危險。）

⑤其後伴隨疑問詞、提示疑問句的主題。

　　あなたの家はどこですか。（你的家在那裏。）

　　君の本はどれですか。（你的書是那一本。）

　　出発はいつですか。（出發是什麼時候。）

　　そこにいるのはだれですか。（在那裏的是誰。）

　　新しいのはどちらですか。（新的是那一個。）

⑥從同類中提示主題，以示有別於其他。其功能及於句末。

　　山田温泉は、山の上にあるので、大変寒い。

　　（山田温泉在山上，所以非常寒冷。）

　　富士山は、背が高く姿も美しいので、みんなから愛され

　　ている。（富士山很高，形態也很美，所以受大家喜愛。）

〔も〕①表示其他尚有同類，由其中提示主題。

きょうも天気がよい。（今天天氣也很好。）

私も参（まい）ります。（我也要去。）

これも素晴（すば）しい。（這也很棒。）

②表示列舉。

味（かお）も香りもよい。（味道、香味都很好。）

庭にりんごもみかんも柿（かき）も植（う）えている。

（院子裏種植著蘋果樹、橘子樹、柿樹。）

③表示數量和程度的限界。

身長（しんちょう）が３センチも伸（の）びた。（身高長高了３公分。）

駅まで30分もかかった。（到火車站花了30分鐘。）

遅くも夕方（ゆうがた）までには帰るでしょう。

（再晚在傍晚之前會回來吧！）

④上接疑問詞，把不確定者均當做同類而提示。

何も知らない。（什麼都不知道。）

どれも素晴しい。（什麼都很棒。）

だれもいない。（没有人在。）

いつも笑っている。（經常笑嘻嘻的。）

⑤暗示其他尚有同類，從其中提示主題，其功能及於句末。

今年の夏も雨の日が多いので、あまり泳ぎに行けなかった。

（今年的夏天也是下雨的日子多，所以不能常去游泳。）

〔こそ〕①提出某一事物，強烈加以指示。

君こそわが命（いのち）。（你才是我的生命。）

降りこそはしないが、空が真黒（まっくろ）だ。

（雖然没下雨，但天空烏雲密佈。）

②提示主題，功能及於句末。

　　東京こそ、文化も教育も産業も発達した素晴しい都だ。

　　（東京才是文化、教育、產業都很發達的美好首都。）

〔しか〕表示限定（句末一定用「ない」）。

　　水しか飲めない。（只能喝水。）

　　死ぬしか方法がない。（只有死路一條。）

　　少ししか食べない。（只能吃一點。）

　　夏休みしかゆっくり本を読んだり旅行したりする暇がない。

　　（只有暑假才能有時間充分地看書，或去旅行。）

A　與「は」連接的助詞

　　横浜には中華街がある。（横濱有中華街。）

　　学校へは制服で行く。（去學校要穿制服。）

　　山ではまつたけが採れる。（山上可採到松茸。）

　　桜こそは日本の花だ。（櫻花才是日本的花。）

　　母だけは私の味方だ。（只有母親是我的朋友。）

　　お酒ばかりは止められない。（只有酒無法戒掉。）

　　12時までは起きている。（十二點還没睡。）

　　アフリカほどは遠くない。（不像非洲那麼遠。）

　　休みの日ぐらいは寝ていたい。（假日想睡覺。）

　　外からは見えない。（從外面是看不到的。）

　　昨日よりは天気がよい。（天氣比昨天好。）

　　友だちとはよく話す。（常常跟朋友談話。）

　　飲んだり食べたりはしても後片付けをしない。

　　（只吃吃喝喝也不收拾好。）

鮒やら鯉やらは泥水に棲める。

（鯽魚、鯉魚能棲息在泥水。）

この山には猪や鹿などはいない。

（這山裏沒有山猪和鹿等。）

だれかは分からないが、人の気配がする。

（是誰不知道，但覺得好像有人在。）

今夜はね、星がきれいだわ。（今夜，星星好漂亮。）

これはね、やまめって魚だよ。（這是叫做眞鱒的魚。）

君はよ、もっとやせた方がいいよ。（你最好再瘦一點。）

「は」可接在許多助詞之後，表示區別、判斷或説明。

　　a 横浜に中華街がある。（横濱有中華街。）

　　b 横浜には中華街がある。（横濱是有中華街。）

以上兩句加以比較，a句是實際上有中華街存在的描寫句，而b句是判斷有無中華街之判斷句。有中華街的是横濱，本句是指定場所，表示和其他有區別。

「は」上接表示方向的「へ」，表示場所的「で」，表示範圍的「まで」，表示起點的「から」……等等各種助詞，表示對該承接語詞的判斷。因此，「は」接在表示各種意義的助詞之後。但不能接在表示語詞與語詞之意義關係的助詞之前。如：

　　×横浜はに中華街がある。

「は」不能接在表示存在的「に」之前。因為先用表示存在場所、範圍、起點、比較、限定……等各種意義的助詞，再接上「は」，用以表示判斷、説明。只有間投助詞不表示任何意義，僅用以調整語氣，所以如「今夜はね」「これはさ」，助詞「は」位於間投助詞的前面。

B 「こそ」

「こそ」用以指示體言以外者時，大致位於條件節之中。如：

　　この魚は新しくこそはないが、見かけも味もよい。

　　（這魚雖然不新鮮，但外表、味道都不錯。）

　　すぐにこそはできなかったが、何とか完成した。

　　（雖未能即刻做好，但總算完成了。）

　　先生に怒られこそしたが、楽しい学生生活だった。

　　（雖然受到老師責罵，但學生生活還是很愉快。）

C 〔しか〕

　　「しか」雖然和「だけ」同樣有表示限定的功能，但「しか」伴隨否定詞在長句子裏功能也及於句末，也有約束全句的功能。「だけ」只有限定所承接之語詞的功能。

(4) **接続助詞〔ば、と、ても（でも）、けれども（けれど）、けども（けど）、が、のに、ので、から、し、て（で）、ながら、たり（だり）、かたがた、がてら、ものの、ところ、ところが、ところで、とか、や〕**

接續的方法

①順接：前文的内容，自然地由後文承續。如：

　　春になったので暖かい。（因春天已到，所以很暖和。）

　　天気がよいから出かけよう。（天氣很好，我們出去吧！）

②逆接：與前文相反的内容，在後文陳述。如：

　　秋が来たのに、涼しくない。（秋天到了，却不涼爽。）

たくさん食べても太らない。（吃了很多也不胖。）

③單純的接續：前文和後文並無特別的關係。

④並列：詞和詞以對等的形態結合。如：

犬や猫や鳥を飼う。（飼養狗、貓和鳥。）

本とノートと鉛筆とを買う。（買書、筆記簿和鉛筆。）

〔ば〕①表示順接的恆常條件。

夏が来れば、暑くなる。（夏天一到，天氣就轉熱。）

水を沸かせば、お湯になる。（水加熱就變成熱水。）

②表示順接確定條件。

黙っていれば、わからない。（你不說我就不瞭解。）

話せば、わかる。（說就瞭解。）

③表示順接並列條件。

鰯も釣れれば、鯵も釣れる。

（可以釣到沙丁魚、也可以釣到竹筴魚。）

頭もよければ、顔もよい。

（頭腦好，臉蛋也很好。）

④表示順接假定條件。

あした晴れれば、海へ行こう。

（如果明天放晴，我們到海邊去吧！）

急げば、間に合うだろう。（快一點的話，大概來得及。）

⑤表示引言。

一言で言えば、助詞の役目は「関係づけ」と言える。

（簡要地說：助詞的功能可以說是「賦予關係」。）

〔と〕①表示順接假定條件。

彼が社長になると、威張るだろうね。

（如果他當社長，大概會自以為了不起。）

熱が下がると、楽になるだろう。

（如果退燒，大概就會舒服一點。）

②表示順接恆常條件。

秋になると、紅葉する。（一到秋天，樹葉就變紅。）

水を沸かすと、お湯になる。（水加温，就變成熱水。）

③順接確定條件。

食べすぎると、眠くなる。（吃得太多，就想睡覺。）

風が吹くと、枯れ葉が舞う。（風一吹，枯葉就飄落。）

④表示順接前提條件。

窓を開けると、海が見える。（一打開窗戶就可看到海。）

家を出ると、雨が降ってきた。（一出門就下起雨來了。）

⑤表示逆接假定條件。

どんなにがんばろうと、追いつかない。

（不論多麼努力，也趕不上。）

何が起ころうと、驚かない。（不論發生什麼，都不驚慌。）

⑥表示引言。

ニュースによると……（據報導……）

簡単に申しますと、……（簡單地説……）

⑦表示並列（體言與體言連接）。

りんごとみかんと柿とぶどうを買う。

（買蘋果、橘子、柿子和葡萄。）

〔ても（でも）〕①表示逆接的假定條件。

雨が降っても、実施します。（即使下雨，也要實施。）

今から行っても、間に合うだろう。

— 51 —

（現在去，大概也來得及。）

②表示逆接的恆常條件。

川の水はいくら飲んでも飲みきれない。

（河水不論怎麼喝也喝不完。）

百年たっても、太陽は西から昇らない。

（即使經過一百年，太陽也不會從西邊出來。）

③表示逆接的確定條件。

注意しても、言うことは聞かない。

（雖然給予警告，所説的也不聽。）

春になっても、まだ寒い。（雖然春天到了，還是很冷。）

④表示對比。

たばこを吸っても、お酒は飲まない。

（雖然抽煙，但不喝酒。）

〔けれども（けれど、けども、けど）〕

①表示逆接。

今夜はくもっているけれども、あしたは晴れるだろう。

（今晚雖然陰天，明天大概會放晴吧！）

がんばってみるけれど、自信がない。

（雖然要努力看看，但沒有自信。）

②表示並列。

運動もするけれど、勉強もする。（既做運動，也讀書。）

値段もよいけれど、品もよい。（價格便宜，東西也好。）

③用於句末，省略後文，表示婉轉語氣。

先ほど、お支払いしましたけれど。（剛才已付帳了…。）

④表示開場白。

　　すみませんけど、もうちょっと席をつめて下さい。

　　（對不起，請坐擠一點。）

〔が〕①表示逆接的對比。

　　気温は高いが、湿度が少ない。（氣温高但濕度低。）

　　見かけは悪いが、味がよい。

　　（外表雖然不好看，但味道很好。）

　②表示順接的並列。

　　絵も得意だが、音楽も得意だ。

　　（圖畫很拿手，音樂也擅長。）

　　お茶も習ったが、花も習った。（學過茶道，也學過插花。）

　③表示開場白。

　　ちょっと伺いたいのですが、その本はもう読みましたか。

　　（想請問一下，那本書已經讀過了嗎？）

　　失礼ですが、お名前は何とおっしゃいますか。

　　（對不起，你的大名如何稱呼。）

　④表示逆接的確定條件。

　　雨は降るが、出かけるとしよう。

　　（雖然下著雨，還是出去吧！）

　　天気はよいが、風が強い。

　　（天氣雖然很好，但風刮得很大。）

　⑤用於句末，表示婉轉語氣。

　　「もうお帰りになりましたが。」（已經回來了…。）

　　「田中でございますが」（我是田中……）

〔のに〕表示逆接的確定條件。

よく食べるのに、太らない。（吃得很多，却不會胖。）

まだ若いのに、老けて見える。

（還年輕，但看起來却老態龍鍾。）

〔ので〕表示順接的確定條件（原因・理由・依據）

春が来たので、暖かい。（因為春天到了，所以很暖和。）

お風呂に入ったので、さっぱりした。

（因為洗過澡了，所以覺得很清爽。）

〔から〕①表示順接的確定條件（原因、理由、依據）

疲れたから、もう休もう。（已經累了，休息吧。）

この栗、おいしいから、食べてみて。

（這栗子很好吃，吃吃看。）

赤ちゃんが眠っているから、静かにしなさい。

（嬰兒正在睡，請安靜一點。）

②用於句末，補充説明原因・理由。

きょうはあまり食べられません。お腹をこわしたから。

（今天不能吃得太多。因為已吃壞了肚子。）

③用於句末，加強語氣。

じゃ、先に寝るから。（那麼，我先睡。）

あとでまた電話するから。（我等一下再打電話。）

〔し〕表示並列。

お掃除もしたし、洗濯もした。

（地也打掃了，衣服也洗好了。）

山へも行ったし、海へも行った。

（去過山上，也去過海邊了。）

〔て（で）〕①表示並列。

新聞の記事は速くて、正確だ。（報紙的消息又快又正確。）

柿はおいしくて、栄養がある。（柿子好吃，又有營養。）

鯵のたたきは、開いて、おろして、切って、たたいて作る。

（拍鬆的竹筴魚是經剖開，去除內臟，切片，拍鬆而製成。）

②表示動作・作用連續發生。

冬が去って、春が来た。（冬去春來。）

顔を洗って、歯をみがいて、御飯を食べる。

（洗臉、刷牙、吃飯。）

③表示輕微的原因・理由。

暗くて、見えない。（因昏暗而看不到。）

疲れて、歩けない。（因疲倦而走不動。）

④下接補助動詞。

窓が開けてある。（窗戶開著。）

花が咲いている。（花開著。）

本を読んでいる。（正在看書。）

〔ながら〕①表示兩個動作同時進行。

食べながら、テレビを見る。（邊吃邊看電視。）

歌いながら、歩く。（邊唱歌，邊走路。）

②表示逆接的確定條件。

今日は冬でありながら、暖かい。

（現在雖然是冬天，但很暖和。）

知っていながら、知らないふりをする。

（他雖然知道，但却裝做不知道。）

〔**たり（だり）**〕①表示並列。

　　　　見たり聞いたりしたことを作文に書く。

　　　　（把所見所聞寫在作文上。）

　　　　手を出したり、引っこめたりする。（手伸出，縮回。）

　　②表示列舉。

　　　　泣いたり、笑ったり、怒ったり、どなったりする。

　　　　（又哭、又笑、又發脾氣、又吼叫。）

　　③表示例示。

　　　　雨の日は滑ったりすると危ない。

　　　　（下雨天如果滑倒，就很危險。）

　　　　こんな所にゴミを捨てたりされると迷惑だ。

　　　　（這種地方如果被丟棄垃圾，就很困擾。）

〔**かたがた**〕表示兼辦其他事情。

　　　　見舞いかたがた出かけてみよう。（出去看看順便慰問。）

　　　　送りかたがた駅まで行って定期を買おう。

　　　　（到車站送行，順便購買月票。）

〔**がてら**〕表示兼辦其他事情。

　　　　お花見がてら出かける。（外出順便賞花。）

　　　　運動がてら犬を散歩させる。（做運動順便溜狗。）

〔**ものの**〕表示前文的內容已成立，後文的內容出乎意料之外。

　　　　手伝いに来たものの、何の役にもたたない。

　　　　（雖然來幫忙了，但是派不上用場。）

　　　　まだ休んでいいとは言うものの、そうはいかない。

　　　　（雖然說還可以休息，但不能那樣做。）

〔ところ〕表示順接的確定條件。

　　　　拝見したところ、お元気そうですね。

　　　　（拜晤時，看你好像很有精神。）

　　　　遊んでいたところ、車にはねられた。

　　　　（在玩時，被車子撞上。）

〔ところが〕①表示逆接的確定條件。

　　　　電話をかけたところが、だれも出ない。

　　　　（雖然打了電話，但沒有人接聽。）

　　　　お湯を沸かしたところが、いつの間にか冷めてしまった。

　　　　（熱水燒好了，但不知什麼時候涼了。）

　　　　②表示逆接的假定條件。

　　　　どんなに練習したところが、うまくなりそうもない。

　　　　（不管如何練習，也不可能進步。）

　　　　いくら話したところが、わかってもらえない。

　　　　（不論怎麼説，都得不到瞭解。）

〔ところで〕表示逆接。

　　　　あわてたところで、間に合わないよ。

　　　　（就是焦急也來不及了。）

　　　　30分位、歩いたところでしれたもの。

　　　　（即使走了30分鐘也沒有什麼了不起。）

〔とか〕①表示例示。

　　　　原宿とかに行ってみよう。（到原宿等地去看一看。）

　　　　②表示並列。

　　　　鉛筆とかノートとか本とかを買う。

　　　　（買鉛筆、筆記簿和書。）

〔や〕表示並列。

やまめやいわなやあゆは川魚（かわうお）だ。

（真鱒、紅點鮭魚、香魚等是河裏的魚。）

テーブルの上にももやみかんやりんごがある。

（桌子上有桃子、橘子和蘋果等。）

「ところ、ところが、ところで」三個助詞是由形式名詞轉化，或形式名詞「ところ」和助詞「が」「で」結合而成的接續助詞。

A 表示逆接的「が」「けれども」「のに」

「が」「けれども」「のに」都有逆接的功能，但其用法多少有些不同。「が」「けれども」有表示並列和開場白（引言）的用法，但「のに」則無。「のに」比「が」「けれども」含有較多的意外感覺，而此種意外的感覺大多在後文表達。如：

せっかく洗って干（ほ）したのに、雨に濡（ぬ）れてしまった。

（洗了半天曬乾了，但却被雨淋濕了。）

親切のつもりで言ったのに、悪くとられてしまった。

（我好意地說了，但却被認為是惡意。）

B 表示原因・理由的「ので」和「から」

「ので」和「から」都有表示原因和理由的功能。在江戶時代，京都地區使用「さかい」「さかいによって」「さかいで」「によって」「ので」做為表示理由的接續助詞，而江戶地方則使用「から」。明治以後，東京也盛行使用「ので」，於是「から」和「ので」就同時併用。現在的標準語，如：

春になったので暖かくなった。

（春天到了，所以就暖和起來了。）

春になったから暖かくなった。

「ので」和「から」幾乎相同。若勉強加以區分，可以說「ので」是表示自然發展的結果，「から」則強調原因・理由的意味比較強。

疲れた<u>ので</u>、眠ってしまった。（○）

（因為很累而睡著了。）

疲れた<u>から</u>、眠ってしまった。（？）

「疲れる」「眠る」都不是可由意志支配，而是自然的結果，所以用「ので」較自然。

もう遅い<u>ので</u>、寝なさい。（？）

もう遅い<u>から</u>、寝なさい。（○）

（已經很晚，睡覺吧）

上面的例子，後文表示命令，前文說明命令的理由，所以用「から」較自然。

そんなことをした<u>ので</u>、君が悪いのだ。（？）

そんなことをした<u>から</u>、君が悪いのだ。（○）

（因為你做了那種事，所以是你不對。）

如上面的句子，前文提出責備對方的理由，而在後文有責備對方之意，所以用「から」比較自然。

C　表示二個動作同時進行的「ながら」

「ながら」是用以表示二個動作同時進行的接續助詞。

食べ<u>ながら</u>、テレビを見る。（邊吃邊看電視。）

但意義相同，而有不同表達的語詞，用「ながら」連接就顯得不自然。

如：

　　　目を閉じながら眠る。（邊閉眼睛邊睡）（？）

　　　しゃがみながら坐る。（邊蹲邊坐。）（？）

　　上面例句的「目を閉じる」和「眠る」，「しゃがむ」和「坐る」都是表示相同內容的語詞，所以不能使用「ながら」。

D　表示順接條件的「と」「ば」「たら」

　　①恆常條件。

　　　$\begin{cases} 2に3をたすと5になる。（2加3等於5。） \\ 2に3をたせば5になる。（2加3等於5。） \\ 2に3をたしたら5になる。（2加3等於5。） \end{cases}$

　　上面的例句是表示不變的事實。像這樣表示固定不變的恆常條件時，「と」「ば」「たら」共用。

　　②確定條件。

　　　$\begin{cases} 橋を渡るとポストがある。（過天橋就有郵筒。） \\ 橋を渡ればポストがある。 \\ 橋を渡ったらポストがある。 \end{cases}$

　　上面的例句雖非恆常不變，但現在是確定的事實。表示確定條件時，「と」「ば」「たら」也共用。

　　③習慣說法或習慣。

　　　$\begin{cases} 蛙（かえる）が鳴くと雨が降る。（青蛙叫就會下雨。） \\ 蛙が鳴けば雨が降る。 \\ 蛙が鳴ったら雨が降る。 \end{cases}$

朝起きると体操をする（早上一起床就做體操。）
朝起きれば体操をする。
朝起きたら体操をする。

　　上面的例句是表示自古流傳的話或每天的習慣。「と」「ば」「たら」也是共用。

×人を見ると泥棒と思え。
○人を見れば泥棒と思え。
　（看到人就把它當做小偷―不要相信別人。）
○人を見たら泥棒と思え。
　（看到人就把它當做小偷―不要相信別人。）

　　這也是自古以來流傳的諺語，但不能用「と」表示，因為後文是命令形，是意志性的語氣。

×あした晴れると海へ行こう。
○あした晴れれば海へ行こう。（明天如果放晴就到海邊去。）
○あした晴れたら海へ行こう。（明天如果放晴就到海邊去。）

　　上面的例句不是諺語，「と」的後文不能用意志性的語氣。因為「と」是隨著時間的流程使用的助詞，針對前文的條件，表示後文的內容是自然發展的結果。所以不能用「と」。

○窓を開けると海が見えた。（打開窗戶就看到了海。）
×窓を開ければ海が見えた。
○窓を開けたら海が見えた。（打開窗戶就看到了海。）

　　上面例句的後文即主句是過去式。「ば」可以表示假定，但不能表示過去。「ば」的後文是過去式時，如：

　　あの人の部屋は行けば、いつも散らかっていた。

　　（那個人的房間，每次去都很零亂。）

要有「經常」「一定」的意思時才能用。也就是表示過去的習慣或一種接近確定條件時才能用。「ば」不能以過去式表示現實上的事象。因此，如「窓を開ければ海が見えた」改為「窓を開ければ、いつもきまって海が見えた」，即可使用「ば」。

> ×魚を買ったと、腐っていた。
> ×魚を買ったば、腐っていた。
> ○魚を買ったら、腐っていた。

　（買了魚的時候，魚就已經腐壞了。）

　「たら」的前文、後文都可以過去式表示，但「と」「ば」則不可。大概是因為「たら」是表示過去・完了的助動詞「た」的過去形，或是由此一過去形轉化的接續助詞之故。

E　表示原因・理由的「ないで」和「なくて」

　接續助詞「て」連接否定形時有「ないで」和「なくて」兩種形態。形容詞否定形接「て」時全部用「なくて」，而動詞否定形接「て」時，有「ないで」「なくて」兩種用法。

　①接形容詞否定形。

　　三浦大根はあまり辛くなくて、味がよい。

　　（三浦產的白蘿蔔不太辣，而且味道很好。）

　②接動詞否定形。

　　a接助動詞「ない」和補助動詞時全部用「ないで」。

　　　来ないで下さい。（請不要來。）

　　　まだ洗わないでおく。（還不用洗。）

　　　しばらく飲まないでみる。（暫時不喝看看。）

b 動作・作用連續發生時所使用的否定用「ないで」。

　　魚は焼かないで食べる。（魚不用烤的來吃。）

　　一晩中寝ないで本を読む。（整晩沒有睡都看書。）

　　歩かないで車に乗った。（沒有走路而搭車。）

　c 表示某種狀態及其原因・理由時，「なくて」「ないで」
　　均可使用。

　　海へ行ったのに、泳げなくて（泳げないで）残念だった。

　　（到了海邊，却因不能游泳而覺得很遺憾。）

　　言うことを聞かなくて（聞かないで）困る。

　　（因為不聽所説的話，而覺得很困擾。）

　　雨が降らなくて（降らないで）たすかる。

　（因為沒有下雨，就省事了。）

　　在關西地區有使用「なくて」「なんで」，關東地區有使用「な
くて」「ないで」之勢。「ないで」的説法比「なくて」更平易。

F　表示並列的「と」和「や」

　　桃と柿と梨と栗がある。（有桃子、柿子、梨子和栗子。）

　　桃や柿や梨や栗がある。（有桃子、柿子、梨子和栗子等。）

　　「と」和「や」的用法幾乎相同。但「と」係逐一添加，僅以所
列舉者為對象，而「や」係將同類事物列舉其中幾項，含有其他尚有
同類事物之意。

　　另外，「と」的用法如：

　　桃と柿と梨と栗とがある。

最後一項也加「と」，但現在大多省略。

⑸終助詞〔か、な、なあ、ぞ、ぜ、とも、わ、ね（ね
　　　　　え）、よ、さ、の、かしら、こと、け〕

〔か〕①表示疑問。

　　　　外にいるのは、だれだろうか。（在外面的是誰呢？）

　　　　彼は泳げるだろうか。（他會游泳嗎？）

　　　②表示詢問。

　　　　この字はどう読むのですか。（這個字怎麼讀呢？）

　　　　君は何が好きか。（你喜歡什麼呢？）

　　　③表示反問。

　　　　負けてたまるか。（輸了怎麼受得了。）

　　　　忘れてなるものか。（忘記行嗎？）

　　　④表示勸誘。

　　　　映画でも見に行きませんか。（去看看電影好嗎？）

　　　　御一緒しましょうか。（我陪你好嗎？）

　　　⑤表示請託。

　　　　車を貸してくれないか。（車子借我好嗎？）

　　　　ちょっと待ってくださいませんか。（稍等一下好嗎？）

　　　⑥表示感嘆。

　　　　冬だなあ！とうとう葉も散ったか。

　　　　（冬天到了，樹葉終於又掉落了）。

　　　⑦表示責備。

　　　　まだやめないのか。（還不停止嗎？）

　　　　こんなことがわからないのか。（你不懂這種事嗎？）

⑧表示確認。

　　　このペン、君の<u>か</u>。（這支筆〔原來〕是你的！）

　　　これが君の家<u>か</u>。（這是你的家！）

〔**な**〕①表示禁止。

　　　こっちへ来る<u>な</u>。（別到這裏來。）

　　　近寄る<u>な</u>。（不要靠近。）

②表示命令。

　　　早く行き<u>な</u>。（快點去！）

　　　さっさと食べ<u>な</u>。（趕快吃！）

③表示感嘆。

　　　どの花見てもきれいだ<u>な</u>。（不論那種花看起來都好美！）

　　　赤ちゃんって可<ruby>愛<rt>わ</rt></ruby>いい<u>な</u>。（嬰兒好可愛呀！）

④表示叮囑。

　　　わかった<u>な</u>。（懂了吧！）

　　　これが君のだ<u>な</u>。（這是你的吧！）

〔**なあ**〕表示感嘆。

　　　<ruby>夕焼<rt>ゆうや</rt></ruby>けがきれいだ<u>なあ</u>。（晚霞好漂亮啊！）

　　　夏休みだ、うれしい<u>なあ</u>。（又是暑假了，好高興呀！）

〔**かなあ**〕疑問和感嘆的複合形。

　　　もう駅に着いた<u>かなあ</u>。（不知道到了車站沒有。）

　　　今夜は晴れる<u>かなあ</u>。（今晚不知道會不會放晴。）

〔**ぞ**〕表示叮囑。

　　　そら、行く<u>ぞ</u>。（喂！要走了哦！）

　　　いいか、<ruby>頼<rt>たの</rt></ruby>んだ<u>ぞ</u>。（可以吧！就拜託你哦！）

〔ぜ〕表示叮囑。

　　　　　もう、帰ろうぜ。（要回去了哦！）

　　　　　どうも変だぜ。（有點奇怪哦！）

〔とも〕加強語氣。

　　　　　「遊びに来ないか。いいとも」（不來玩嗎？當然可以。）

　　　　　「必ず行くとも」（當然一定去。）

〔わ〕調整語氣，表示輕輕地感嘆、感動及加強語氣

　　　　　それは素晴しいわ。（那好棒哦！）

　　　　　あした、伺うわ。（明天去拜訪你。）

　　　　　まるで夢のようだわ。（簡直像做夢一般。）

　　　　　寂しいわね。（很寂寞吧！）

　　　　　もう寝るわよ。（我要睡覺了。）

〔ね（ねえ）〕調整語氣，表示輕輕地感嘆、感動和加強語氣。

　　　　　空がきれいね。（天空好漂亮啊！）

　　　　　トマトが安いね。（蕃茄好便宜呀！）

　　　　　きっと来るね。（一定要來哦！）

　　　　　これが芦ノ湖ね。（這是蘆之湖吧！）

　　　　　ずいぶんゆっくりね。（你好從容哦！）

　　　　　早く帰ってきてね。（早一點回來啊！）

〔よ〕①調整語氣，表示叮囑和加強語氣。

　　　　　もう帰ってもいいよ。（可以回去啦！）

　　　　　きっと待っててよ。（一定要等一等。）

　　　　　痛いよ。（好痛啊！）

　　　　　早くしろよ。（快一點嘛！）

②表示呼籲。

　　　　風よ！吹け。（風啊！吹吧！）

　　　　もしもし、かめよ、かあさんよ。

　　　　（喂喂，烏龜啊！烏龜先生！）

　　　　のび太よ！ちょっと来てくれ。（伸太啊！來一下！）

〔わね〕「わ」和「ね」的複合形。

　　　　それは素晴しいわね。（那好棒啊！）

〔わよ〕「わ」和「よ」的複合形。

　　　　もう帰ってもいいわよ。（可以回去啦！）

〔さ〕表示輕微的斷定。

　　　　ほっとけばいいさ。（可不必管他。）

　　　　ここまでくれば仕方ないさ。（事已至此，也沒辦法。）

　　　　ここで安心さ。（這就放心了。）

〔の〕①表示疑問、詢問（音調上揚）。

　　　　鳥、なぜ鳴くの。（鳥為什麼啼叫呢？）

　　　　何を怒ってるの。（發什麼脾氣呢？）

　　　　どうして悲しいの。（為什麼傷心呢？）

　　　②表示自問或叮囑（音調下降）。

　　　　これでいいの。（這就好了。）

　　　　なんでもないの。（沒什麼。）

　　　　忙しくて、それは大変なの。（因為很忙，那是很辛苦的。）

〔かしら〕表示含有疑問和輕嘆之意。

　　　　どうしたのかしら。（到底怎麼啦！）

　　　　今日はお休みかしら。（你今天是不是休假。）

　　　　あしたは雨が降るかしら。（明天會不會下雨。）

〔こと〕添加感動、感嘆之意。

　　　　お庭がきれいですこと。（院子好漂亮啊！）

　　　　とても上手ですこと。（好棒啊！）

　　　　まめ、よい音色だこと。（啊！好美的音色！）

〔け〕①表示回想。

　　　　川でよく泳いだっけ。（〔以前〕常常在河裏游泳。）

　　　　海で遊んだっけ。（在海邊玩了。）

　　　②表示確認。

　　　　そんなこと言ったっけ。（你説過那種話了吧！）

　　　　君は誰だっけ。（你是誰？）

A　表示命令的「な」和表示禁止的「な」。

命令和禁止都是單方面強制對方的説法，其意義和用法有別。

①表示命令的「な」。

用助詞「な」表示命令時，將「な」接於意志動詞的連用形（第二變化）表示令其做該動作。（使用於親密關係者。）

如「書きな。話しな。飛びな。飲みな。帰りな。起きな。食べな。」（含有「なさい」之意。）

②表示禁止的「な」。

助詞「な」用以表示禁止時，接在意志動詞和表示心理作用之動詞的終止形，令其勿做該動作（對長輩不能使用）。如「書くな。話すな。飛ぶな。飲むな。帰るな。起きるな」。（有「不要，不可」之意）

用於心理作用時，表示「安慰」之意。如「悲しむな。くよくよするな。悩むな」。

B　表示叮囑的「ぞ」「ぜ」「とも」。

　　三者主要都是男性用語，談話時使用，在鄭重的場合裏不用。「ぞ」和「ぜ」都用於表示斷定、推量、意志、請託時，「ぜ」也用以表示勸誘之意，「ぞ」比「ぜ」的語氣更強，不僅用於向對方講話，也使用於自言自語。「ぜ」比「ぞ」語氣較輕，稍微低俗一點。而且「ぜ」只用於向對方講話時。「とも」也只用於向對方講話，含有「當然」之意。「とも」不能使用於勸誘。「とも」下面可接終助詞「さ」，如「いいともさ（當然可以）」。

(6)間投助詞〔ね、さ、よ〕

　　〔ね〕接在句子成分下，間斷句子，引起對方注意或表示叮囑。

　　　　きのうね、学校でね、先生に叱られたの。

　　　　（昨天在學校被老師罵了。）

　　　　ぼくね、今朝ね、公園をね、散歩してたらね、変なおじ
　　　　さんにね、話しかけられたよ。

　　　　（我今天早上在公園散步的時候，被一個古怪的叔叔搭訕
　　　　了。）

　　〔さ〕同上

　　　　だからさ、君にさ、言ったでしょ。（所以，對你説了嘛！）
　　　　子供がさ、ほしがるからさ、買って上げたんだ。

　　　　（因為小孩子想要，所以買給他了。）

　　〔よ〕同上

　　　　さっきよ、店でよ、友達に会ったよ。

　　　　（剛才在店裏看到朋友了。）

今度のよ、休みの日に遊びに来ないか。

（下次放假時來玩好嗎？）

(7)複合格助詞

在意義和用法上，以一組（片語）的形態，扮演格助詞角色的「連語」，稱為複合格助詞。

〔として〕表示資格和立場。

学生<u>として</u>の義務を果たす。（盡當學生的義務。）

親の立場<u>として</u>それは困る。（以父母的立場來看，那很糟。）

〔に当たって〕「面臨、面對」之意。

受験する<u>に当たって</u>の心がまえ。（面臨考試的心理準備。）

年頭<u>に当たって</u>お祝詞を申し上げます。

（當此新年之際，謹致賀詞。）

〔に際して〕「…之際、…之時」之意。

卒業<u>に際して</u>記念品を贈る。（在畢業之時，贈送紀念品。）

〔において〕①表示場所。

都会<u>において</u>は全く見られない光景だ。

（這景象在都市是完全看不到的。）

②表示時間。

現代<u>において</u>はふつうの出来事だ。

（在現代是一件普通的事件。）

③表示主體。

われわれ<u>において</u>も同じ意見だ。（我們也是同樣的意見。）

〔について〕表示對象。

言葉<u>について</u>調べる。（對語言加以調查。）

〔に関して〕表示對象。

　　　　その件に関して何も聞いていません。

　　　　（關於那件事，什麼都沒有聽説。）

　　　昆虫に関しての知識が豊富だ。

　　　　（有關昆蟲的知識很豐富。）

〔に対して〕表示對象。

　　　　学校に対して何か意見があったら聞かせて下さい。

　　　　（對學校如果有什麼意見請提出來。）

〔にとって〕表示動作的接受者。

　　　　あなたにとって得な話。（對你來説是有利的事。）

　　　日本にとって重大問題だ。（對日本來説是重大問題。）

〔によって〕①表示原因・理由。

　　　　ふぐの毒によって死んだ。（因河豚的毒素而死。）

　　　人は髪型と服装によって違って見える。

　　　　（人因髮型和服裝而看起來不同。）

　　②表示被動態的行為者。

　　　　少年は狼によって育てられた。

　　　　（〔那個〕少年被狼撫養長大。）

　　　黄熱病は野口英世によって発見された。

　　　　（黃熱病被野口英世所發現。）

　　③表示「各々」之意。

　　　　人によって好みが違う。（喜好因人而異。）

　　　国によっていろいろな民族衣服がある。

　　　　（各民族的傳統服裝因國家而異。）

— 71 —

〔にわたって〕表示場所和時間的範圍。

　　　　二週間にわたって旅行した。（作為期二週的旅行。）

　　　　伊豆から東京にわたって地震があった。

　　　　（從伊豆半島到東京一帶發生了地震。）

〔をもって〕①表示手段・方法。

　　　　書面をもってあいさつにかえる。（以書面代替致辭。）

　　　　②表示限界。

　　　　会員は30人をもって締め切る。（會員以30人為限。）

〔でもって〕①表示原因・理由。

　　　　地震でもって家が破壊された。（房屋因地震而遭到損壞。）

　　　　②表示手段・方法。

　　　　薬でもって治す。（用藥物治療。）

　　　　③表示限界。

　　　　調査は今日でもって終わりにします。

　　　　（調査到今天結束。）

　　在此僅舉出主要用法，其他還有許多複合助詞。

〔3〕名詞

表示事物之名稱者，稱為名詞。

(1) 名詞的分類

①固有名詞：

一個名詞專用於表示一種事物的名稱者，稱為固有名詞（專有名詞）。例如：

日本　東京　富士山　最上川　琵琶湖　聖徳太子　夏目漱石

ガレリオ（伽俐略）　ピカソ（畢加索）　万葉集　源氏物語

奥の細道（書名）　坊ちゃん（書名）　東京大学　日本銀行

朝日新聞　三越百貨店

②普通名詞：

表示同種類的事物共通的名稱者，稱為普通名詞。例如：

空　太陽　月　星　花　桜　島　すずめ（麻雀）　魚　ひらめ

（比目魚）　春　家　人　夏休み（暑假）　楽しさ（樂趣）

水泳（游泳）　景色　友達（朋友）　ロボット（機器人）

マンション（大廈）　図書館　卒業マルバム（畢業紀念冊）

スケート教室（滑冰訓練班）

③數詞：

如「一、二、三、四、五、1、2、3、4、5、ひい、ふう、み、よ、いつ……」等表示數的名詞，稱為數詞。數詞因物而異。例如數鉛筆為「1本（1支）、2本（2支）」，數紙為「1枚（1張）、2枚（2張）」等在數詞的後面附有接尾語，稱為助數詞。附助數

詞表示數量時，稱為基數詞或數量數詞，表示順序的亦稱為序數詞或順序數詞。用以表示數的疑問詞，如「幾つ（幾個）、何人（幾人）」等，稱為不定數詞或疑問數詞。

〔本數詞〕（基本數詞）

一、二、三、四、五、１、２、３、４、５、ひい、ふう、み、よ、いつ

〔助數詞〕

一<u>つ</u>、二<u>人</u>、３<u>個</u>、４<u>枚</u>、５<u>本</u>、６<u>番</u>、７<u>等</u>、８<u>段</u>、９<u>章</u>、10<u>丁目</u>

數詞 { 基數詞（數量數詞）一つ、二人、三間、４本、５匹、６羽　序數詞（順序數詞）１番、２等、３段、４級、５号、６丁目、７回 }

〔不定數詞〕（疑問數詞）

幾つ、幾ら、幾日、何人、何回、何番目

④形式名詞：

名詞的實質意義稀薄，原有的意義淡化，轉化為形式上使用，而無實質意義的名詞，稱為形式名詞。只用形式名詞，則其意義不明確，不能單獨使用。其前面要有修飾語才能表示它的功能。例如：

今、食べている<u>ところ</u>です。（現在正在吃。）

今夜、電話する<u>つもり</u>だ。（打算今晚打電話。）

君の思った<u>とおり</u>にしてくれ。（依你所想去做！）

散らかした<u>まま</u>出ていった。（沒有整理，零零亂亂地就那樣出去了。）

もう帰ってくる<u>はず</u>だ。（應該已經回來了。）

早く行った<u>ほう</u>がいい。（最好快點去。）

あなたの<u>ため</u>に、コーヒーを入れました。（為你沖泡了咖啡。）

子供の頃、よく昆虫採集をした<u>もの</u>でした。

（〔記得〕小時候常常捉昆蟲。）

持ってる<u>くせ</u>に、隠してるんだから。（有帶，但却藏起來了。）

彼は寝た<u>とたん</u>、いびきをかいた。（他一睡就開始打呼。）

よけた<u>ひょうし</u>にころんでしまった。（躲避的時候跌倒了。）

　　在名詞之中，同一個名詞有時變成形式名詞，有時按原有意義使用。如果名詞前面無連體修飾成分（連體修飾語）亦可使用，保留其名詞的實質意義者，特稱之為實質名詞。這是普通名詞。

{ <u>こと</u>は重大である。（事情嚴重。）
　　　　　—實質名詞（事件）。
そんなに心配する<u>こと</u>はない。（不必那麼擔心。）
　　　　　—形式名詞（表示内容）。

{ <u>所</u>変われば品変わる。（地方不同，東西就不同。）
　　　　　—實質名詞（場所）。
たった今、起きた<u>ところ</u>だ。（剛剛起床。）
　　　　　—形式名詞，（表示狀態）。

{ <u>時</u>は金なり。（時間即金錢。）
　　　　　—實質名詞，（時間）。
汗をかいた<u>とき</u>は、水が飲みたくなる。（出汗的時候，就想喝水。）
　　　　　—形式名詞（表示場合）。

{ <u>わけ</u>を聞かせてほしい。（希望説明理由。）
　　　　　—實質名詞（理由）。
そんなに簡単に治る<u>わけ</u>がない。（不可能容易治好。）
　　　　　—形式名詞（表示道理）。

　　　　┌ ためになる話。（有助益的話。）
　　　　│　　　　　　―實質名詞（表示有益）。
　　　　│ 黙(だま)っていたために誤解(ご かい)されてしまった。（因為沒有講，所以
　　　　└　　　　被誤解了。）―形式名詞（表示原因、理由）。

⑵　名詞的用法

　　①可以當主語（主題）：名詞接助詞「が」「は」「も」等表示
主語或主題。如：

　　　　花(はな)が咲く。（花開。）

　　　　子供(こども)が遊ぶ。（小孩子玩。）

　　　　夏(なつ)は暑い。（夏天炎熱。）

　　　　兄(あに)も走る。（我的哥哥也跑。）

　　②可以當述語：下接助動詞「だ」「です」等或終助詞可當述語
用。如：

　　　　健康(けんこう)は宝(たから)だ。（健康是寶。）

　　　　これは本(ほん)です。（這是書。）

　　　　あれが芦(あし)ノ湖(こ)ね。（那是蘆之湖吧！）

　　　　あしたは雨(あめ)らしい。（明天好像會下雨。）

　　③可以當修飾語。

　　a下接助詞「の」當連体修飾語用。如：

　　　　春(はる)の海。（春天的海洋。）

　　　　人(ひと)の声。（人的聲音。）

　　　　東京(とうきょう)の空。（東京的天空。）

　　b當連用修飾語用（接格助詞當補語用，或修飾動詞）

　　　　空(そら)を見る。（看天空。）

馬に乗る。（騎馬。）

海へ行く。（到海邊去。）

川で泳ぐ。（在河裏游泳。）

去年、ドイツへ行った。（去年到德國去了。）

夕方、伺います。（傍晚去拜訪。）

魚を三匹買った。（買了三條魚。）

駅で三十分待った。（在車站等了三十分。）

(3) 名詞的處理

A 接頭語和接尾語

不能單獨使用，經常附在其他單語之上，用以表示敬意、或調整語氣、或添加些許意義者，稱為接頭語。單詞接上接頭語之後，其原來的品詞性質亦不變。如：

お米 お水 ご飯 ご卒業 まっ青 す足 み仏 こ高い
か細い うち消す

經常附在其他單詞之後，添加某種意義，或調整語氣，或改變文法功能者，稱為接尾語。例如形容詞「大きい」「楽しい」的語幹，接上接尾語「さ」成為「大きさ」「楽しさ」時，就變成名詞。而名詞「春」「時」接上接尾語「めく」而成為「春めく」（有春意）「時めく」（顯耀一時）時，就變成動詞。這些接尾語有的有活用，有的則無。接尾語與接頭語不同，它具有造新詞的能力。助詞和助動詞也要附在其他單詞之後，而不能單獨使用。但助詞和助動詞係表示詞與詞之關係，或組合成句，或表示說話者的判斷等，並無改變品詞性質的能力。所以具備造新詞的能力，可說是接尾語的特徵。

名詞接上接尾語後也有品詞之性質不變者，如：

お父さま　お母さん　お姉ちゃん　友だち　甘^{あま}さ　明るみ　真^{しん}

剣^{けん}み　町^{まち}ぐるみ　濃^こいめ　十日^{とおか}あまり

　　加上接頭語、接尾語之名詞，全體當名詞使用。

B　複合名詞

　　二個以上的單詞結合而成的名詞，整個當一個名詞用，稱為複合名詞。如：

朝日　本籍^{ほんせき}　近道^{ちかみち}　夜長^{よなが}　遠浅^{とおあさ}　嬉し涙^{うれ　なみお}　買い物　ぶらぶら歩き（信步而行）　知ったかぶり（假裝知道）

C　轉化名詞

　　某一品詞失去原來的性質，當做另一種品詞使用時，稱為品詞的轉化。其中有的由名詞轉化成副詞者，如「少し」「あまり」，有的由動詞轉化成名詞，如「光り」「流れ」，有的由名詞轉化成形容詞，如「白い」「古い」。

　　由其他品詞轉化成名詞者，舉例如下，這些都當名詞使用。

a 由動詞轉化成名詞者

　　動く→動き　　　　光る→光り

　　調べる→調べ　　　流れる→流れ

　　親しむ→親しみ　　楽しむ→楽しみ

b 由形容詞轉化成名詞者

　　明るい→明るさ　　悲しい→悲しさ

　　高い→高み　　　　深い→深み

c 由形容動詞（な形容詞）轉化成名詞者

静かだ→静かさ　　閑かだ→閑かさ
　　　　　　　　（のど）
真剣だ→真剣み　　新鮮だ→新鮮み
（しんけん）　　　（しんせん）

D　表示時間的名詞接助詞「に」

　　表示時間的名詞之後接「に」時有兩種情形，如「春に京都へ行きました」「春」可以接「に」，但如「今日に学校へ行きました」「今日」則不可以接「に」。

　　①在時間直線上掌握「時間」時

　　　　一昨年　昨年　今　来年　毎年

　　　　先先月　先月　今月　来月　毎月

　　　　先先週　先週　今週　来週　毎週

　　　　一昨日　昨日　今日　明日　毎日

　　如上列各詞均係沿著時間的流程，表示直線上的「時間」。如説到「昨年」，即表示已經過去，不會再來的「過去」。因為過去，現在或未來很清楚，就無需特別加「に」。相反地，如表示特定的「時間」時，係指定「在這個時間」，所以要加「に」。如：

　　　　古代に　中古に　中世に　近世に　近代に
　　　　奈良時代に　平安時代に　鎌倉時代に
　　　　（なら）　　（へあん）　　（かまくら）
　　　　1989年に　昭和64年に　平成元年に
　　　　　　　　（しょうわ）　　（へいせい）

　　②週期性的把握「時間」時

　　如説到「春」時，「去年の春」「今年の春」「来年の春」都共同使用到「春」這個詞。像這種表示籠統的「時間」時，有時加「に」，有時不加「に」。例如下列兩句皆可。

　　　　去年の春、ヨーロッパへ行きました。

　　　　（去年的春天，到歐洲去了。）

去年の春に、ヨーロッパへ行きました。

（去年的春天，到歐洲去了。）

春（に）　夏（に）　秋（に）　冬（に）

朝（に）　昼（に）　夕方（に）　午後（に）

正月（に）　明け方（に）　夕暮れ（に）

這些都是表示週期性的詞，有時加「に」，有時不加「に」，同樣是週期性的詞，若時間單位很清楚，則加「に」使時間的觀念更清晰。

平日に　祭日に　休日に

1月に　2月に　3月に　4月に　5月に

12時に　1時半に　2時15分に

另外，加「に」時，有時意義有些不同，例如：

午前中、ピアノの練習をした。（上午一直練習鋼琴了。）

午前中に、ピアノの練習をした。

（上午練習鋼琴了。）

這兩句比較起來，「午前中」若不加「に」，表示「整個上午一直都…」的意思，若加「に」而成「午前中に」時，則表示「在上午的某一時間」的意思。

E　助數詞

助數詞之中，有的很有規則的發音，如1枚（いちまい）、2枚（にまい）、3枚（さんまい），有的發音不規則，如1本（いっぽん）、2本（にほん）、3本（さんぼん）。這是由助數詞的語頭部分（第一個音）是發有聲的音或無聲的音而產生的。

有聲的音　振動聲帶而發出的聲音，係指五十音圖的ア行、ガ行、

ザ行、ダ行、ナ行、マ行、バ行、ラ行、ヤ行、ワ行
的音而言。

無聲的音　不振動聲帶，沒有聲音的子音，係指カ行、サ行、タ
　　　　　行、ハ行、パ行的首音而言。

助數詞的語頭部分如果發有聲的音，則數詞 1 到10的發音為「い
ち、に、さん、し（よん）、ご、ろく、しち（なな）、はち、きゅ
う、じゅう」而助數詞的發音從 1 到10都相同。例如「枚」

1	枚	2	枚	3	枚	4	枚	5	枚
いち	まい	に	まい	さん	まい	よん	まい	ご	まい

6	枚	7	枚	8	枚	9	枚	10	枚
ろく	まい	なな	まい	はち	まい	きゅう	まい	じゅう	まい

助數詞「枚」，從 1 到 10 的發音都是「まい」。像這種助數詞
的語頭是有聲的音，都可適用。

　　1円（いちえん）　　　1月（いちがつ）
　　1膳（いちぜん）　　　1台（いちだい）
　　1年（いちねん）　　　1名（いちめい）
　　1番（いちばん）　　　1列（いちれつ）

ヤ行和ワ行的音在語頭的助數詞幾乎不用，頂多如一夜（いちや）
、一葉（いちよう）等而已。

相反地，助數詞的語頭的發音是無聲時，都是不規則的，且因行
不同而有差異。カ行、サ行、タ行的助數詞發音都同一模式，如 1 回
（いっかい）的「回」發音為「かい」，以後的 2 回、 3 回⋯⋯都發
「かい」的音。但數字 1 、 8 、10的尾音則發為促音。如 1 回（いっ

かい）、1冊（いっさっ）、1点（いってん），カ行時6也發為促音，如6回（ろっかい）。此種現象上列各行都一致。

カ行

1	回	2	回	3	回	4	回	5	回
いっ	かい	に	かい	さん	かい	よん	かい	ご	かい

6	回	7	回	8	回	9	回	10	回
ろっ	かい	なな	かい	はっ	かい	きゅう	かい	じっ	かい

サ行

1	冊	2	冊	3	冊	4	冊	5	冊
いっ	さつ	に	さつ	さん	さつ	よん	さつ	ご	さつ

6	冊	7	冊	8	冊	9	冊	10	冊
ろく	さつ	なな	さつ	はっ	さつ	きゅう	さつ	じっ	さつ

タ行

1	点	2	点	3	点	4	点	5	点
いっ	てん	に	てん	さん	てん	よん	てん	ご	てん

6	点	7	点	8	点	9	点	10	点
ろく	てん	なな	てん	はっ	てん	きゅう	てん	じっ	てん

パ行最複雑，數詞1、6、8、10的尾音都變成促音。

1本（いっぽん）　　6本（ろっぽん）　　8本（はっぽん）

10本（じっぽん）

但助數詞，在1之下時發「P」的音，如1本（いっぽん），2

之下發「h」的音，如2本（にほん），3之下時發「b」的音，如
3本（さんぼん），助數詞的發音有變化。而且同樣在3之下，「3
本」發音為「さんぼん」，但「3分」則發音為「さんぷん」，並無
一貫性。

〔4〕代名詞

　　不説出人或事物之名稱，而直接指稱該人或事物的詞，稱為代名詞。代名詞有指稱人的人稱代名詞，和指示事物、場所、方向的指示代名詞。

(1)　人稱代名詞

自　　稱 （第一人稱）	對　　稱 （第二人稱）	他稱（第三人稱）			不定稱
		近　稱	中　稱	遠　稱	
わたし ぼく おれ	あなた きみ お前	この人 こいつ	その人 そいつ	あの人 あいつ かれ	どなた だれ

(2)　指示代名詞

名　　稱	近　稱	中　稱	遠　稱	不定稱
事　　物	こ　れ	そ　れ	あ　れ	ど　れ
場　　所	こ　こ	そ　こ	あそこ	ど　こ
方　　向	こちら こっち	そちら そっち	あちら あっち	どちら どっち

　　上表所示之代名詞係從現代日語中所提出而有代表性者，其他因身分關係或地區差別等尚有各種代名詞。還有因性別、年齡、職業等不同，也使用不同的代名詞。

　　自　　稱：説話者指稱自己或自己的事物

對　稱：説話者指稱對方或對方的事物

他　稱：指稱説話者和對稱以外的第三者

近　稱：説話者指稱自己身邊的事物

中　稱：説話者指稱對方身邊的事物

遠　稱：説話者指稱不屬於自己和對方身邊之事物

不定稱：用於説話者自己不知道或所指還不確定之事物。

(3)　こそあど

指示事物、場所、方向或人時，近稱的語頭為「こ」，中稱的語頭為「そ」，遠稱的語頭為「あ」，不定稱的語頭為「ど」，成為一個體系，稱之為「こそあど」系統，這種指示語在形容動詞、連體詞、副詞亦可看到。

品詞 距離	人稱代名詞	指示代名詞 事物	場所	方向	形容動詞 (な形容詞)	連体詞	副詞
近稱	このかた こいつ	これ	ここ	こちら こっち	こんなだ	この	こう
中稱	そのかた そいつ	それ	そこ	そちら そっち	そんなだ	その	そう
遠稱	あのかた あいつ	あれ	あそこ	あちら あっち	あんなだ	あの	ああ
不定稱	どのかた どいつ	どれ	どこ	どちら どっち	どんなだ	どの	どう

其中「どれ、どんな、どの、どう」等「ド」系的詞不能明確的指示對象，在性質上與其他指示語不同。

⑷ 不定稱代名詞（疑問代名詞）

如「いつ、だれ、どこ、どっち、どちら、どなた、どいつ」等所指示的内容亦不明確。不能明確地指示對象，稱為疑問代名詞或不定稱代名詞。

⑸ 再歸代名詞（反照代名詞、反射代名詞）

與人稱無關，僅指實體本身，如「自己、自身、自分」等代名詞，稱為再歸代名詞。如「君は自分のことを反省<ruby>反省<rt>はいせい</rt></ruby>しなさい」（請你反省自己）句中的「自分」是反射指示「君」的。

⑹ 代名詞的特徵

代名詞與其他名詞不同，依事物或場所方向或説話者的立場而對同一事物有不同的稱呼。例如有個姓「若山<ruby>若山<rt>わかやま</rt></ruby>」的人，若以姓名稱這個人，則説話者、聽者、第三者都稱呼「若山」，但若以人稱代名詞表示，若山本人稱自己為「わたし」或「ぼく」，稱對方為「あなた」或「きみ」。指示代名詞亦相同。如「ここに一冊の本があります」（這裏有一本書），書在自己身邊時，指稱説「これ」，遠離自己時指稱説「あれ」。對同一本書，因指示的位置不同而有不同的稱呼。

日語的代名詞不像西歐語有性別和數的分別。人稱代名詞亦比西歐語多，敬稱的用法複雜。日語表示對象時不一定都使用人稱代名詞。有時直呼對方的姓或名，有時稱呼親族名稱如「お父さん、お母さん、お兄さん、お姉さん…」或職位名稱，如「先生、社長、院長…」等。直呼對方姓名時，只限於對同輩或晚輩。在親族内，晚輩對長輩、孩子對父母不直呼姓名，而以「お父さん、お母さん、お兄さん、お姉さん」等親族名稱呼之，在社會上晚輩對長輩也不直呼其姓名，

如「三井さん」，而是以如「先生、三井先生」等身分名稱稱呼。相反地，對晚輩不以親族名稱如「弟、妹」等稱呼，亦不以「部下」「後輩」「生徒」等身分名稱稱呼。再者，日語中稱呼長輩之第二人稱代名詞不多。媳婦對婆婆稱呼其名字是不禮貌，學生對老師、孩子對父母、部下對長官，稱呼「あなた」「お前」或呼其姓名都是不禮貌的。

〔5〕動詞

　表示人或事物的動作・作用・存在・狀態的詞稱為動詞。名詞以
「何は」「何が」的形式擔任句中的主題或主語的角色，而動詞則是
擔任述語，即對事態敘述的角色。

(1) 動詞之例

　行く　帰る　歩く　立つ　坐る　書く　話す　飲む　掃く

　持つ　打つ　乗る　見る　着る　煮る　起きる　降りる

　食べる　投げる　植える　捨てる　来る　散歩する

　リードする（表示動作）

　光る　輝く　浮く　咲く　降る　氷る　流れる　晴れる

　乗れる　枯れる　落ちる　染みる　満ちる（表示物理作用）

　困る　好む　娟う　慕う　悲しむ　苦しむ　飽きる　恥じる

　恐れる　憧れる　恋する（表示心理作用）

　ある　いる　おる（表示存在）

　すぐれる　劣る　似る　尖る　値する　ありふれる　ばかげる

　にやける　そびえる　帯びる　要する　泳げる　書ける

　できる　わかる（表示狀態）

⑵ 動詞的活用（變化）

動詞可以改變成不同的形態來使用。以「書く」為例，可以變成「書かない」（不寫）「書いた」（寫了）「書くとき」（寫的時候）……等不同的形態。此種形態上的變化，稱為活用。活用形普通分為六種。

△未然形　書かない（ない形）。書こう（意志形）。
△連用形　書きます（ます形）。書いて（て形）。
△終止形　書く（辭典形，基本形）。
△連體形　書くとき。
△假定形　書けば。
△命令形　書け。

這些活用形，從意義上取名為「未然」「仮定」「命令」，從形態上取名為「連用」「終止」「連体」。各活用形之中均有形態不變的「―」部分和形態改變的「。」部分。前者稱為「語幹」，後者稱為「活用語尾」。

動詞依活用的不同，普通分為五種。

△五段活用（如「書く」「買う」）　　　┐
△上一段活用（如「見る」「起きる」）　├ 正格活用
△下一段活用（如「出る」「植える」）　┘（規則動詞）
△カ行變格活用（来る）　　　　　　　┐ 變格活用
△サ行變格活用（する）　　　　　　　┘（不規則動詞）

①五段活用（又稱為第一群動詞或子音動詞或強變化動詞）

動詞的活用語尾活用時遍及五十音圖之ア、イ、ウ、エ、オ段者稱為五段活用動詞。

基本形	語幹	未然形		連　用　形		終止形	連体形	仮定形	命令形
書　く	書	か	こ	き	い	く	く	け	け
主　要　用　法		ない	う	ます	て・た	（結句）	とき	ば	○

　　動詞依其語尾活用之行別稱為「何行何段活用動詞」。例如「書
く」的語尾「く」屬「カ行」，稱為カ行五段活用動詞。「カ、ガ、
サ、タ、ナ、バ、マ、ラ、ワア」各行有五段活用動詞。「買う」
「歌う」「笑う」「思う」「会う」「言う」「洗う」等一個動詞的活
用語尾跨越ワ行和ア行。其餘都是同一行活用。ワア行的動詞在文語
是ハ行四段活用。ハ行的音在平安時代以前是兩唇摩擦音，發音為 Fa
Fi Fu Fe Fo。但在一個詞的中間或詞尾時，嘴唇的閉合方式放鬆而
發音成 Wa Wi Wu We Wo，這種發音到平安時代後則就普遍化了，
結果詞中和詞尾的ハ行的音就和ワ行的發音相同了。例如「たはら
（俵）」「おもふ（思ふ）」文字雖然寫ハ行的音，但發音為「たわ
ら」「おもう」。再加上ア行ワ行的音混合在一起，到了中世，詞中
ア行ワ行ハ行的音就沒有區分了。結果成一個跨行活用。

　　未然形有ア段和オ段兩種形態。以「書く」為例，以前，實際發
音為 KaKau，而文字上寫成「書かう」，所以未然形只有「か」的
形態，當時稱為四段活用。但在昭和21年施行現代假名用法，原則上
每個詞均依現代日語的音韻來寫，所以「書かう」就改寫成「書こう」
，而稱為五段活用動詞。

　　「ある」的未然形不連接「ない」。雖然有「あらぬ疑い」（錯
誤的懷疑）「あらぬ噂（莫須有的流言）之類的用法，但那是慣用語
，不是--般用法。

A 動詞的音便形。

五段活用動詞的連用形接助動詞「た」和助詞「て」「たり」時，語尾的音變成「い」「っ」「ん」，此係因發音的方便而産生的音的變化，稱為音便，動詞的音便有三種，變成「い」的稱為「イ音便」，變成「っ」的稱為促音便，變成「ん」的稱為撥音便（ん音便）。

△イ音便　書きて→書いて ⎫
　　　　　泳ぎて→泳いで ⎭ カ行・ガ行動詞

△促音便　打ちて→打って ⎫
　　　　　乗りて→乗って ⎬ タ行・ラ行・ワ行動詞
　　　　　歌いて→歌って ⎭

△撥音便　死にて→死んで ⎫
　　　　　飛びて→飛んで ⎬ ナ行・バ行・マ行動詞
　　　　　飲みて→飲んで ⎭

普通一行只出現一種音便，但カ行的「行く」，不是イ音便，而是促音便，如「行って」，是例外。ワ行的「問う」沒有音便。

が行、ナ行、マ行、バ行的連用形接「た」「て」「たり」時，要變成濁音「だ」「で」「だり」。

泳ぎて→泳いで、泳いだ、泳いだり

死にて→死んで、死んだ、死んだり

生みて→生んで、生んだ、生んだり

遊びて→遊んで、遊んだ、遊んだり

五段活用動詞只有サ行沒有音便。如「話して」「話した」「話したり」。

B 動詞的命令形。

動詞的命令形依據動詞所表示的意義有「命令」「願望」「請求」「勉勵」「放任」五種用法。

a 命令。

　急いで行け。（趕快去！）

　早く来い。（快點來！）

　そこに居ろ。（在那裏！）

b 願望。

　雨よ、降れ。（雨啊！下吧！）

　風よ、吹け。（風啊！吹吧！）

　花よ、咲いてくれ！（花啊，開吧！）

c 請求。

　金をくれ。（給我錢！）

　お菓子をください。（請給我糕點！）

　窓を開けてくれ。（「幫我」打開窗戶）

　本を買ってください。（請買書）

d 勉勵。

　勇気を出せ。（拿出勇氣！）

　希望を持て。（要抱持希望！）

　頑張れ。（加油！）

e 放任。

　ほっておけ。（不要管它）

　勝手にやれ。（你隨便吧！）

命令形主要的是意志動詞才能用到，表示物理作用的動詞命令形，在意義上是表示願望。而表示心理作用的動詞和狀態動詞，原則上不

使用命令形。

　　ありふれる（常有）→×ありふれろ

　　似る（相似）→×似ろ

　　泳げる（會游泳）→×泳げろ

　　憧れる（嚮往）→×憶れろ

　　飽きる（厭煩）→×飽きろ

　　すぐれる（優秀）→×すぐれろ

　　劣る（不如）→×劣ろ

　　書ける（會寫）→×書けろ

　　疲れる（疲勞）→×疲れろ

　　慕う（愛慕）→×慕え

C　含有尊敬之意的動詞

　　「いらっしゃる」「おっしゃる」「くださる」「なさる」四個
詞都是五段活用動詞，但其命令形為「い」，接「ます」時也是「い」
。「いらっしゃる」有「行く」「来る」「いる」三種意義。

基　本　形	語　　　幹	未然形	連　用　形	終止形	連体形	仮定形	命令形
いらっしゃる	いらっしゃ						
おっしゃる	おっしゃ	ら　ろ	い　　っ	る	る	れ	い
くださる	くださ						
なさる	なさ						
主　　要　　用　　法		ない　う	ます　て・た	結句	とき	ば	○

②上一段活用（又稱為第二群動詞或母音動詞或弱變化動詞）

　　動詞的活用語尾在五十音圖的イ段活用者，稱為上一段活用。

基本形	語幹	未然形	連用形	終止形	連体形	仮定形	命令形
起きる	起	き	き	きる	きる	きれ	きろ(きょ)
主要用法		ない・よう	ます・て・た	結句	とき	ば	○

　　「ア、カ、ガ、ザ、タ、ナ、ハ、バ、マ、ラ」各行有上一段活用動詞。在上一段活用動詞之中「居る」「射る」「鋳る」「着る」「似る」「干る」「見る」等動詞無語幹語尾之分。

　　上一段活用動詞之中有與五段活用動詞同義者，如

　　　　飽きる（上一）　　　　　　飽く（五）

　　　　借りる（上一）　　　　　　借る（五）

　　　　しみる（上一）　　　　　　しむ（五）

　　　　足りる（上一）　　　　　　足る（五）

　　　　満ちる（上一）　　　　　　満つ（五）

　　　　報いる（上一）　　　　　　報う（五）

活用	基本形	語幹	未然形	連用形	終止形	連体形	仮定形	命令形
五段	足る	た	ら	り(っ)	る	る	れ	れ
上一段	足りる	た	り	り	りる	りる	りれ	りろ(りょ)

　　「足る」是自古以來就當做四段活用動詞在使用，而「足りる」是江戸時代出現的口語，為上一段活用動詞。現代的日語是使用「足りる」，但亦有使用五段活用的「足る」者，如「一時間足らず」（不到一小時），「舌足らず」（不善於言辭），是慣用的固定用法。一般都使用「足りない」。「飽きる」「借りる」「しみる」「満ちる」等除了「七十に満たない」之類的用法外，現代日語一般也都使用上一段活用。關西方面也有使用五段活用者，如「飽かん」（不

— 94 —

飽)「足らん」(不夠)、「身にしむ秋」(〔冷風〕刺骨的秋天)等。

③下一段活用（又稱為第二群動詞或母音動詞或弱變化動詞）

動詞的活用語尾在五十音圖的エ段活用者，稱為下一段活用。

基本形	語 幹	未然形	連 用 形	終止形	連体形	仮定形	命 令 形
受ける	受	け	け	ける	ける	けれ	けろ・けょ
主 要 用 法		ない	ます・て・た	結句	とき	ば	○

「ア、カ、ガ、サ、ザ、タ、ダ、ナ、ハ、バ、マ、ラ」各行有下一段活用動詞。下一段活用動詞之中，「得る」「出る」「寝る」「経る」等動詞，無語幹語尾之分。

下一段活用動詞「くれる」的命令形是「くれろ」，但一般都使用「くれ」的形態。

　　お菓子をくれ。（給我糕點）

　　ボールをとってくれ。（拿球給我）

　　お茶を入れてくれ。（給我泡茶）

下一段活用動詞的「得る」，與文語的下二段活用動詞「得る」，併存使用。

基 本 形	語 幹	未然形	連用形	終止形	連体形	仮定形	命令形
得(え)る	○	え	え	える	える	えれ	えよ
得(う)る				うる	うる		

現在一般都使用「得る」，但在演講、文章體也有使用「得る」者，如「考え得る」（可以考慮）「なし得る」（可為），「〜し得る範圍に於て」（在可……之範圍內）等。

A　いける・いけない・いけません

a いける

「いける」是由「行く」轉化而成的可能動詞，為下一段活用。有「能去、能辦、能吃、能喝、好吃、好喝」等之意。如：

この酒はいける。（這酒好喝。）

ダンスはいける。（舞跳得好。）

この料理はいける。（這菜好吃。）

b いけない

「いけない」是「いける」加否定助動詞「ない」而成。有「不可以」的意思。如

そんなことはしてはいけない。（那種事，不可以做）

もっと食べなければいけない。（必須多吃一點。）

但如「こんないたずらしていけない子ね」（真是調皮的壞孩子！）這個「いけない」是形容詞。

c いけません

「いけません」是由下一段活用動詞「いける」接助動詞「ます」再接否定助動詞「ね（ん）」而成。有「不可以」的意思。「いけない」的敬體。

怒（おこ）ってはいけません。（不可以生氣。）

泣いてはいけません。（不許哭。）

B　可能動詞

如「書ける」「読める」「泳げる」等動詞，是由五段活用動詞「書く」「読む」「泳ぐ」轉化而成，表示「～することができる」（能够、可以、會）的意思。此種動詞稱為可能動詞。可能動詞的活

用是下一段活用，但沒有命令形。

書く→書ける　　　読む→読める

泳ぐ→泳げる　　　話す→話せる

立つ→立てる　　　飲む→飲める

飛ぶ→飛べる　　　歌う→歌える

這些可能動詞都是五段動詞之中以意志進行的動作動詞所轉化而成。無意志作用，表示存在、作用、狀態的動詞無法轉變成可能動詞。如

ある→あれる（×）　　わかる→わかれる（×）

降る→降れる（×）　　困る→困れる（×）

劣る→劣れる（×）

但同樣是「吹く」、「風が吹く」不能說「風が吹ける」，而「笛を吹く」則可說成「笛を吹ける」（會吹笛子）。因為「笛を吹く」的「吹く」是可由人的意志去做的動作動詞，所以可轉成可能動詞。還有，「電車は急には止まれない」，電車雖是人以外的東西，但係由人控制，在擬人化時雖非意志動詞，但可當意志動詞用。

據說可能動詞自室町時代開始，在江戶後期的江戶語就已普遍化。過去表示可能的說法，都是動詞加表示可能之意的助動詞「れる、られる」來表達。但自從「書ける」「読める」之類的可能動詞開始使用之後，借用助動詞表示可能的形態就逐漸不用，現在大多使用可能動詞來表達可能的意思。

最近五段活用以外的動詞，也逐漸使用表達可能意思的形態，如：

見る→見れる　　　着る→着れる

起きる→起きれる　　来る→来れる

這類五段活用動詞以「れる」表示可能的說法，一直都被認為是錯誤的，但如「来れる」「見れる」「起きれる」「食べれる」之類，

現在使用的人漸多，年輕人之間幾乎已普遍化。此種現象自大正末期至昭和初期，已在東京開始使用。由於受方言的影響，在東京方面也從較易受方言影響的郊區開始使用而逐漸傳開。只是五段活用以外的動詞要使用可能形，大多只限於一音節的詞以及少數的二音節的詞。

④カ行變格動詞（又稱為第三群或不規則變化動詞）

「来る」一詞，不像五段、上一段、下一段的動詞呈有規則的變化，因屬於「カ行」，故稱カ行變格動詞，簡稱「カ變」。

基本形	語　幹	未然形	連 用 形	終止形	連体形	仮定形	命令形
来る	○	こ	き	くる	くる	くれ	こい
主　要　用　法		ない	ます・た	結句	とき	ば	○

カ行變格活用的動詞，只有「来る」一詞，無語幹語尾之分。「来る」一詞是カ行變格動詞，但「来る」一詞在現代口語裏係當連体詞使用。如「来る11月3日は文化の日だ」（下（11）月3日是文化節）。

⑤サ行變格活用（又稱為第三群或不規則變化動詞）

「する」一詞，和「来る」一樣屬於不規則的變化，因屬「サ行」，稱為サ行變格動詞，簡稱「サ變」。

基本形	語幹	未　　然　　形		連　　用　　形		終止形	連　体　形	仮定形	命　令　形
する	○	せ　さ	し		し	する	する	すれ	しろ・せよ
主 要 用 法		ず・ぬ	せる れる	ない	ます・て・た	結句	とき・こと	ば	○

サ行變格活用的動詞「する」亦無語幹語尾之分。「する」可和其他詞構成許多複合動詞。

a 和語＋する

噂する（傳播流言）　　　　味方する（做伙伴）

重んずる（重視）　　　　　船出する（初進社會、開船）

軽んずる（輕視）　　　　　真似する（模仿）

甘んずる（甘心、情願）　　疎んずる（怠慢、疏遠）

b 漢語＋する

旅行する（旅行）　　　　　運動する（運動）

努力する（努力）　　　　　予告する（預告）

愛する（愛）　　　　　　　接する（接觸、連接）

察する（推測）　　　　　　達する（達到）

処する（處理）

c 外來語＋する

スケッチする（素描）　　　ドライブする（開車兜風）

ノックする（敲門）　　　　アタックする（攻擊）

リードする（領導）　　　　タッチする（接觸）

サ行變格活用之中，也有屬於五段或上一段活用者。如：

$$\begin{cases} 愛す（五段） \\ 愛する（サ變） \end{cases} \quad \begin{cases} 処す（五段） \\ 処する（サ變） \end{cases}$$

$$\begin{cases} 案じる（上一） \\ 案ずる（サ變） \end{cases} \quad \begin{cases} 感じる（上一） \\ 感ずる（サ變） \end{cases}$$

　　這些動詞本來是サ行變格活用動詞，但隨著時代的改變，而變成五段或上一段活用。現在口語中幾乎不用サ變，只有年長者在演說時，或寫文章時有人使用而已。

漢語和外來語接「する」可以造出許多サ行變格活用動詞。

適する（適合）　　　　　　　愛する（愛）

タッチする（接觸）　　　　　リードする（領導）

散歩する（散步）　　　　　　スケッチする（素描）

キャッチする（捕捉）　　　　多様化する（多樣化）

情報交換する（情報交換）

年中行事化する（成為每年例行活動）

　　如此，好幾個漢字連續在一起，最後接「する」，可造成大量的動詞。這些詞到那裏當做一個詞，學者的意見分歧。大致説來，詞的認定標準是結合成一體而當做一個詞時，有一個語調的高峰，一般是把 1 拍（1 音節）到10拍（10音節）左右當做一個詞，因此漢語的サ變動詞，大致是漢字五字以內當做一個詞，再多的話就不容易當做一個詞來用。

(3)　活用種類的辨認

五段活用　　　　活用語尾的ア段的音接「ない」

上一段活用　　　活用語尾的イ段的音接「ない」

下一段活用　　　活用語尾的エ段的音接「ない」

カ行變格活用　　只有「来る」一詞

サ行變格活用　　只有「する」一詞，其他是「する」的複合動詞。

(4)　合成動詞

　　二個以上的詞結合成的複合動詞和加上接頭語或接尾語的動詞，都當做一個動詞使用，稱為合成動詞。

　a複合動詞之例

流れ出す　申し込む　話し合う　降り始める　勉強する

噂する　長引く　若返る

b接上接頭語・接尾語之動詞

うち解ける　もの語る　けおされる　うれしがる　汗ばむ
よろめく　花やぐ

(5)補助動詞

　　机の上に本がある（桌上有書）

　　上例之「ある」係表示實際上有沒有書的存在的意思。即它具有動詞本來的意思，是一個普通動詞。但

　　本が開いてある（書打開著）

句中的「ある」則變成「那種狀態」的意思。採取「てある」的形態，補助「開く」這個動詞的敘述，像這種失去原有的意義和獨立性，扮演有如助動詞般之功能的動詞，稱為補助動詞。

　　a本動詞

　　庭に鳥がいる。（院子裏有鳥。）

　　教室に机がある。（教室裏有桌子。）

　　映画を見る。（看電影。）

　　玄関に傘を置く。（把傘放在門口。）

　　金庫にお金をしまう。（把錢收放在金庫裏。）

　　学校へ行く。（去學校。）

　　お姉ちゃんが来る。（姊姊要來。）

　　りんごの実がなる。（蘋果結果實。）

　　植木に水をやる。（給盆栽澆水。）

　　手を挙げる。（舉手。）

　　粗品を差し上げる。（送薄禮。）

友達が手紙を<u>くれる</u>。（朋友寄信給我。）

お土産を<u>くださる</u>。（送給我禮品。）

お祝いを<u>いただく</u>。（承蒙祝賀。）

お菓子を<u>もらう</u>。（給我糕點。）

b 補助動詞

雨が降って<u>いる</u>。（正在下雨。）

布団が干して<u>ある</u>。（棉被曬好了。）

電話をかけて<u>みる</u>。（打電話看看。）

言葉_{ことば}を調べて<u>おく</u>。（先查詞彙。）

みんな忘れて<u>しまう</u>。（全部忘光。）

泊_{とま}って<u>いく</u>。（住下去。）

夜が明_あけて<u>くる</u>。（天漸亮了。）

お休みに<u>なる</u>。（放假，休假。）

算数_{さんすう}を教えて<u>やる</u>。（教他算術。）

手伝って<u>上げる</u>。（幫您忙。）

本を貸して<u>くれる</u>。（借給我書。）

教えて<u>くださる</u>。（教我。）

書いて<u>いただく</u>。（幫我寫。）

車を買って<u>もらう</u>。（買車給我。）

　　補助動詞和補助形容詞合稱補助用言。以補助動詞表達授受關係的用法，於敬語章再述。

⑹動詞的相（aspect）

　　將動詞所表示的動作過程，以過去、現在、未來三種時間的「點」來區分時，稱為「時制」（Tense）。從與過去、現在、未來不同的

觀點，來區分動作・作用的進行的，就是「相」（aspect）。所謂「相」就是某一事象在時間推移的過程中，處於何種狀態，其重點在於動作・作用是開始，還是持續進行，是完成，還是反復。是原來的狀態，還是某種進行的結果所造成的狀態。表示「相」的形態可分為三種。

①以補助動詞表示「相」。如：

　話している。（正在說話。）

　話してみる。（說說看。）

　話しておく。（先說好。）

②以複合動詞表示「相」。如：

　話し始める。（開始說。）

　話し出す。（說出來。）

　話し終わる。（說完。）

③以其他形式表示「相」。如：

　話そうとする。（正想要說。）

　話すところだ。（正要說。）

　話したばかりだ。（剛說完。）

A　以補助動詞表示「相」

①〜ている

ａ 他動詞＋ている

　ア 表示動作正在進行中。

　　りんごを食べ<u>ている</u>。（正在吃蘋果。）

　　絵を描^{えが}い<u>ている</u>。（正在繪畫。）

　　食器を洗っ<u>ている</u>。（正在洗餐具。）

　イ 表示動作進行的結果狀態仍持續中。

荷物を持っている。（帶著行李。）

学校を卒業している。（從學校畢業了。）

電灯がついている。（電燈開著。）

ウ 表示正在進行中的動作和動作結果的狀態二種功能。

チョンマゲを結っているところだ。

（現在正在梳紮髮髻。）—「結う」的動作現在正在進行。

チョンマゲを結っているお相撲さんが歩いてきた。

（梳著髮髻的力士走過來了。）—頭髮已梳好，紮成髮髻。—
動作結果的狀態。

おにぎりを握っている。（正在做飯糰。）—動作進行中。

手を握っている。（握著手。）—動作結果的狀態

着物を着ている。（穿著和服。）

靴を履いている。（穿著皮鞋。）

帽子をかぶっている。（戴著帽子。）

ズボンを履いている。（穿著長褲。）

ブローチをつけている。（戴著胸花。）

服を脱いでいる。（沒有穿衣服。）

腕をまくっている。（挽著袖子。）

（譯註：以上各句依情況亦可譯成「正在…」）

b 自動詞＋ている

ア 表示動作・作用在進行、持續。如下列各句，大多屬於移動
性動詞。

あひるが歩いている。（鴨子在走路。）

殿様が走っている。（老爺在跑步。）

魚が泳いでいる。（魚兒在游泳。）

山を登っている。（在爬山。）

家に向かっている。（正在回家途中。）

　再如下列各句，係人可以耳、目等感覺器官掌握的自然現象，而有動態者，大多表示該動態之進行。

木の葉が舞っている。（樹葉飄動著。）

花が散っている。（花正在凋謝。）

風が吹いている。（風正在吹。）

水が流れている。（水在流動著。）

雪が降っている。（正在下雪。）

枝が揺れている。（樹枝在搖動著。）

　イ　表示動作・作用進行後之結果狀態仍持續著。

犬が死んでいる。（狗死了。）

二人は結婚している。（那二人結婚了。）

子供が寝ている。（小孩子睡著。）

遊びに飽きている。（玩膩了。）

栄養が足りている。（營養足夠。）

病気が治っている。（病好了。）

故障が直っている。（故障修好了。）

鼻がつまっている。（鼻塞著。）

体が疲れている。（身體累了。）

お金に困っている。（為錢苦惱著。）

窓が開いている。（窗戶敞開著。）

品物が届いている。（東西送到了。）

雨が止んでいる。（雨停了。）

草が枯れている。（草枯萎了。）

空が晴れ<u>ている</u>。（天空放晴了。）

花が咲い<u>ている</u>。（花開著。）

氷が溶け<u>ている</u>。（冰正在溶解。）

雪が積もっ<u>ている</u>。（積着雪。）

地面が濡れ<u>ている</u>。（地面濕了。）

空が霞ん<u>でいる</u>。（天空有薄霧。）

実がなっ<u>ている</u>。（結著果實。）

芽が出<u>ている</u>。（發芽了。）

蕾がふくらん<u>でいる</u>。（花蕾鼓起來。）

ウ 一個動詞兼表示動作・作用的進行和結果的狀態者。

雪が積もっ<u>ている</u>。（正在下雪。積著雪。）

凧が揚がっ<u>ている</u>。（風箏正在上升。風箏飛揚著。）

火山が爆発し<u>ている</u>。（火山爆發著。）

ェ 表示習慣。

毎朝、散歩し<u>ている</u>。（每天早上都散步。）

ォ 表示經驗。

アメリカには去年行っ<u>ている</u>。（去年到美國去了。）

朝から、何度も泳い<u>でいる</u>。（從早上開始，游了好幾次。）

以上所述，「ている」表示動作・作用的進行和動作・作用結果的狀態。表示進行的動詞大多是在一定時間內持續進行的意志動詞，和可由人的耳目等感覺器官掌握之部分表示物理作用的動詞。

歩い<u>ている</u>。（正在走路。）

走っ<u>ている</u>。（正在跑。）

泳い<u>でいる</u>。（正在游泳。）

食べ<u>ている</u>。（正在吃。）

植えている。（正在種植。）

耕している。（正在耕耘。）

在意志動詞之中，若動作在短時間內進行，則「ている」表示動作結果的狀態持續著。

握っている。（握著。）

持っている。（帶著，持有。）

乗っている。（搭乘著。）

若「ている」接在無意志作用的動詞，則大多表示動作後之狀態仍持續著。

光っている。（閃著光。）

晴れている。（放晴。）

枯れている。（枯萎著。）

困っている。（正苦惱著。）

飽きている。（飽了、膩了。）

疲れている。（累了。）

c 他動詞＋てある

ア 表示動作結果。

花が植えてある。（種著花。）

壁に絵がかけてある。（牆壁上掛著圖畫。）

字が書いてある。（寫著字。）

イ 表示準備的動作完成。

そのことは前もって約束してある。

（那件事事先已決定好了。）

すでに頼んである。（已經拜託好了。）

御飯は炊いてある。（飯已煮好了。）

②同樣表示動作結果的「ている和「てある」

同樣表示動作結果的「ている」和「てある」在意境上有微妙的差別，如：

　　　a 窓が開いている。（窗戶敞開著。）
　　　b 窓が開けてある。（窗戶開著。）

　　a 句係自動詞「開く」＋ている而成，表示自然進行的動作結果，到底是人開的，或是被風吹開的，並不清楚。看不出意志的作用。其他相同的例句如：

　　　電灯がついている。（電燈開著。）
　　　仕事が残っている。（工作沒做完。）
　　　水が流れている。（水流著。）

　　b 句係他動詞「開ける」＋てある而成。係人為進行的動作結果。即有人去把窗戶打開，現在窗戶仍開著。其他類似的句子如：

　　　電灯がつけてある。（開著燈。）
　　　仕事を残してある。（把工作留著。）
　　　水を流してある。（放水流著。）

③～てみる

表示有意地嘗試做某動作。

　　　仕事を頼んでみる。（請求找工作看看。）
　　　電話をかけてみる。（打電話看看。）
　　　よく考えてみる。（仔細考慮看看。）
　　　試験を受けてみる。（參加考試看看。）
　　　押入れを探してみる。（在壁櫥找看看。）

④～ておく

　　ア 表示準備性的動作。

　　　　手紙を書いて<u>おく</u>。（先寫信。）

　　　　窓を開けて<u>おく</u>。（先把窗戶打開。）

　　　　言葉を調べて<u>おく</u>。（先査詞彙。）

　　イ 表示放任・許可・默認。

　　　　勝手<ruby>勝手<rt>かって</rt></ruby>にやらせて<u>おく</u>。（讓他隨便去做。）

　　　　寝たいだけ寝かせて<u>おく</u>。（想睡就讓他睡。）

　　　　犬を<ruby>放<rt>はな</rt></ruby>し<ruby>飼<rt>が</rt></ruby>いにして<u>おく</u>。（讓狗自行覓食。）

「てみる」和「ておく」都接在意志動詞，表示動作的相，「て
みる」表示動詞所示的内容是否可能實現並不清楚，但無論如何做做
看。如「手紙を書いてみる」，是不知道會不會寫，而且寫的結果會
怎麼樣不知道，但無論如何要寫寫看，表示動作的意志。相反地，「てお
く」並無「萬一、或許」之類不明確的意志，而是表示確實有行動的
意志。

⑤～てしまう（ちゃう）

　　ア 表示無意志動作的完成。

　　　　おいしいと、すぐ食<ruby>食べ過<rt>す</rt></ruby>ぎてしまう。（好吃就會吃得太多。）

　　　　疲れていたので、睡ってしまった。

　　　　（因為累了，所以就睡著了。）

　　　　用事をわすれてしまった。（把事情忘了。）

　　イ 表示意志動作的完成。

　　　　先に掃除をしてしまおう。（先把打掃工作做完吧！）

　　　　この本は読んでしまった。（這本書讀完了。）

早く食べてしまいなさい。（請快點吃完。）

ウ表示遺憾的心情。

もう帰ってしまうのですか。（就要回去了嗎？）

テレビがこわれてしまった。（電視機壞了。）

火事で家が焼けてしまった。（房子被火燒掉了。）

⑥〜ていく

ア表示狀態逐漸變化。（遠離）

△物理變化

雪が解けていく。（雪逐漸溶化。）

火が消えていく。（火逐漸熄滅。）

△心理變化

気持ちが離れていく。（心情上逐漸疏遠。）

親しみがうすれていく。（感情逐漸淡薄。）

△技能變化

成績が上がっていく。（成績逐漸提高。）

ピアノが上達していく。（鋼琴越彈越好。）

△身體變化

体重が減っていく。（體重逐漸減輕。）

だんだん老化していく。（逐漸老化。）

△生活變化

新しい環境に慣れていく。（逐漸適應新環境。）

暮らしが楽になっていく。（生活將逐漸舒適。）

△社會變化

物価が上がっていく。（物價逐漸上漲。）

— 110 —

教育制度が変わっ<u>ていく</u>。（教育制度逐漸改變。）

△生活未來持續下去。

明日から東京で暮ら<u>していく</u>。（明天起要在東京生活〔下去〕。）

母子二人で生<u>きていく</u>。（母子兩人相依為命。）

⑦〜てくる

表示狀態逐漸變化。（接近）

△物理變化

雨が降っ<u>てくる</u>。（下起雨來了。）

お湯が沸い<u>てきた</u>。（水開了。）

△心理變化

愛が芽生え<u>てくる</u>。（逐漸産生愛。）

憎しみが湧い<u>てきた</u>。（湧出了恨意。）

△身體變化

病気が治っ<u>てくる</u>。（病逐漸痊癒。）

白髪がふえ<u>てきた</u>。（白髮增多了。）

△生活變化

忙事が忙しくなっ<u>てくる</u>。（逐漸忙碌起來。）

子供が育っ<u>てきた</u>。（孩子逐漸長大了。）

△社會變化

パソコンが発達し<u>てきた</u>。（個人電腦逐漸普遍了。）

物価が安定し<u>てきた</u>。（物價穩定了。）

△由過去到現在之經驗的連續。

日記を書きつづけ<u>てきた</u>。（繼續寫日記。）

祖母にかわいがられ<u>てきた</u>。（受到祖母的疼愛了。）

⑧「ていく」和「てくる」的區別

「ていく」和「てくる」都是表示逐漸變化之意。「ていく」是表示動詞所示的動作‧作用以説話者或話題上的人物為中心，逐漸遠離。而「てくる」是表示動詞所示的動作‧作用逐漸接近説話者或話題上的人物。下列兩句是對的。

　　○太陽が昇ってきた。（太陽出來了。）
　　○太陽が沈んでいった。（太陽西沉了。）

但下列兩句是錯的。

　　×太陽が昇っていった。
　　×太陽が沈んできた。

「ていく」和「てくる」並非一定要接在不同的動詞如「暮らしが楽になってきた」（生活逐漸舒適了）表示過去到現在的生活變化。但如説「暮らしが楽になっていく」（生活將逐漸舒適）則表示從現在到未來的生活變化。總之，以説話的內容為中心而逐漸遠離時用「ていく」，而逐漸接近時用「てくる」。

B 以複合動詞表示「相」

①表示動作‧作用的開始。

ア表示自然的開始。

　　花が咲き始める。（花開始開。）
　　雨が降り始めた。（雨開始下了。）
　　小説を書き始める。（開始寫小説。）
　　ハンバーグを食べ始めた。（開始吃漢堡了。）

自動詞、他動詞都以「～始める」的形態表示，日語的動詞沒有接「～始まる」的形態。

イ表示突然的開始。

　　雷が鳴り出す。（開始打雷。）

　　電車が急に動き出した。（電車突然開動了。）

　　いきなり怒り出す。（突然發起脾氣。）

　　不意に外に飛び出した。（突然跑到外面去了。）

ウ表示開始後不久。

　　日が沈みかける。（太陽就要西下了。）

　　本を読みかけたとき、ベルが鳴った。

　　（剛開始讀書的時候，鈴聲響了。）

　　本屋の前を通りかかったとき、友達に出会った。

　　（剛經過書店門口的時候，遇見了朋友。）

②表示動作・作用的持續。

ア單表示動作・作用的持續。

　　ピアノを弾きつづける。（繼續彈鋼琴。）

　　小説を書きつづけた。（繼續寫小説。）

　　山を歩きつづけた。（繼續走山路。）

　　雨が降りつづけた。（雨繼續下了。）

　　雨が降りつづいた。（雨繼續下了。）

以「〜つづける」的形態表示動作・作用的持續，如「食べつづける」「読みつづける」「歌いつづける」「泳ぎつづける」「流れつづける」等。只有「降る」這個動詞可用「〜つづく」或「〜つづける」兩種形態。

イ表示以意志進行之動作的持續，同時表示完成。

　　本を読み通す。（讀完整本書。）

仕事をやり通す。（把工作做完。）

最後まで言い通した。（堅持主張到底。）

どこまでも押し通した。（堅持到最後。）

「～つづける」的形態對持續的範圍沒有限制，但「～通す」則添加「到最後」的意思。而且「～通す」較難構成複合語，只能接在少數的動詞。

ゴールまで走り抜く。（堅持跑到終點。）

自分の立場を守り抜く。（堅持自己的立場。）

最後まで立派に生き抜いた。（堅持堂堂正正地活到底。）

日本チームは三セットまで勝ち抜いた。

（日本隊贏了三場比賽。）

「抜く」比「通す」，意志更為堅強，表示動作堅持到最後全部完成。

③**表示動作的完成。**

ァ表示自然完成。

映画を見終わった。（看完了電影。）

必要事項は話し終わった。（必要事項已説完。）

夕飯は食べ終わった。（晚餐吃過了。）

ィ表示以意志完成。

この本を読み切った。（把這本書讀完了。）

特価品を売り切った。（特價品賣完了。）

頂上まで登り切った。（登上了山頂。）

「～切る」比「～終わる」更添加「全部、完全」之意，以表示完成。

ウ表示動作的完成。

　　論文が書き上がる。（論文寫完。）

　　洋服が仕上がる。（西服做好。）

　　電化製品を売り上げる。（把電氣産品賣完。）

　　ロボットを作り上げる。（把機器人製作完成。）

「〜上がる」（自動詞）表示自然的完成，「〜上げる」（他動詞）表示有意的完成。

C　以其他形式表示「相」

①〜ところだ

ア表示動作開始前不久。

　　ケーキを作るところだ。（正要做蛋糕。）

　　本を読むところです。（正要看書。）

イ表示動作進行中。

　　ケーキを作っているところだ。（正在做蛋糕。）

　　本を読んでいるところです。（正在看書。）

ウ表示動作剛完成不久。

　　ケーキを作ったところだ。（剛做完蛋糕。）

　　本を読んでたところだ。（剛看完書。）

②〜ようとする

表示動作要開始前不久之意志。

　　御飯を食べようとするところだ。（正想要吃飯。）

　　掃除しようとするところだ。（正想要開始打掃。）

　　今、起きようとしたところだ。（現在，正想要起床。）

今、寝ようとしたところだ。（現在，正想要就寢。）

③～ばかりだ

表示動作剛完成不久。

たった今、帰ったばかりだ。（剛剛回去〔來了〕。）

さっき注意したばかりだ。（剛剛才提醒過。）

「～ばかりだ」和「～ところだ」同樣表示動作的完成，「～ところだ」表示所完成之動作的狀態，而「～ばかりだ」則將重點放在「時間上」，表示該動作完成沒有多久。

④～つつある

表示動作・作用的進行。

雨が降りつつある。（正在下雨。）

パンを食べつつある。（正在吃麵包。）

「つつある」使用於文章上，現在的日常會話已很少使用。

(7)　自動詞和他動詞

自 動 詞	他 動 詞
戸が開く	戸を開ける
（門開）	（開門）
水が流れる	水を流す
（水流）	（放水流）

上例「戸が開く」「水が流れる」的「開く」「流れる」都是表示主語「戸」「水」本身的動作或作用。此類動詞稱為自動詞。相反

地，「戸を開ける」「水を流す」的「開ける」「流す」，僅以該動詞並不能表示主語的動作或作用，必須要有「戸を」「水を」等直接接受該動作的目的語，此種動作・作用及於其他事物的動詞，稱為他動詞。他動詞必須有接受該動作之目的語（又稱對象語），以「～を」表示。

①自動詞和他動詞在活用、行、種類都相同者

自　動　詞	他　動　詞	活　　用
窓がひらく （窗戶開）	窓をひらく （開窗戶）	カ行五段
水が増す （水漲起來）	水を増す （增加水）	サ行五段
気(根)が張る （緊張，根紮下）	気(根)を張る （精神貫注，紮根）	ラ行五段
目が閉じる （眼睛閉起來）	目を閉じる （把眼睛閉起來）	ザ行上一段
枝が垂れる （樹枝垂下）	枝を垂れる （把樹枝壓垂）	ラ行下一段
車が移動する （車子移動）	車を移動する （移動車子）	サ変
国会が解散する （國會解散）	国会を解散する （解散國會）	サ変
空気が汚染する （空氣汚染）	空気を汚染する （汚染空氣）	サ変

②自動詞和他動詞在形態上相同，但意義不同者

自　動　詞	他　動　詞	活　用
扇<ruby>とびら</ruby>がひらく （門敞開）	扇をひらく （把門打開）	カ行五段
風が吹く （風吹）	笛<ruby>ふえ</ruby>を吹く （吹笛子）	カ行五段
人が笑う （人笑）	人を笑う （笑別人）	ワア行五段
波が寄<ruby>よ</ruby>せる （波浪湧過來）	車を寄せる （把車子靠近）	サ行下一段
雁<ruby>がん</ruby>が渡る （雁遷徙）	橋を渡る （過橋）	ラ行五段

③自動詞和他動詞活用種類相同，而行不同者

自　動　詞	他　動　詞
仕事が残る（ラ行五段） （工作有剩）	仕事を残す（サ行五段） （把工作留下）
目が回る（ラ行五段） （眼睛轉動）	目を回す（サ行五段） （轉動眼睛）
鳥が驚く（カ行五段） （小鳥驚慌）	鳥を驚かす（サ行五段） （驚動小鳥）
手が動く（カ行五段） （手動）	手を動かす（サ行五段） （擺動手）
子供が遊ぶ（バ行五段） （小孩子玩）	子供を遊ばす（サ行五段） （叫小孩子玩）

目が輝く（カ行五段） （眼睛閃亮）	目を輝かす（サ行五段） （目光炯炯）
鐘(かね)が鳴る（ラ行五段） （鐘響）	鐘を鳴らす（サ行五段） （敲鐘）
花が散る（ラ行五段） （花謝）	花を散らす（サ行五段） （撒花）

④自動詞和他動詞活用的行相同，而種類不同者

自　　動　　詞	他　　動　　詞
気持ちが向く（カ行五段） （心情愉快）	気持ちを向ける（カ行下一段） （把心情放在…）
家が建つ（タ行五段） （蓋房子）	家を建てる（タ行下一段） （蓋房子）
品物が並ぶ（バ行五段） （物品陳放）	品物を並べる（バ行下一段） （陳列物品）
船が進む（マ行五段） （船前進）	船を進める（マ行下一段） （把船推進）
空気が抜ける（カ行下一段） （空氣脱出）	空気を抜く（カ行五段） （抽出空氣）
実が砕(くだ)ける（カ行下一段） （果實碎）	実を砕(くだ)く（カ行五段） （搗碎果實）
縁(えん)が切れる（ラ行下一段） （縁份斷絶）	縁を切る（ラ行五段） （切斷縁份）

⑤自動詞和他動詞活用的行和種類都不同者

自　　動　　詞	他　　動　　詞
犬が逃げる（ガ行下一段）	犬を逃がす（サ行五段）
（狗逃走）	（把狗放走）
目が覚める（マ行下一段）	目を覚ます（サ行五段）
（睡醒）	（醒來，叫醒）
涙がこぼれる（ラ行下一段）	涙をこぼす（サ行五段）
（涙流滿面）	（落涙）

　　跟有目的格「を」的動詞，大部份是他動詞，但也有自動詞是有「を」格的，此類自動詞是移動性動詞，「を」格表示經過的場所或出發點。

　　△表示經過點

　　　　橋を渡る。（過橋。）

　　　　空を飛ぶ。（在空中飛。）

　　　　川を泳ぐ。（游過河。）

　　　　山を登る。（登山。）

　　　　野原を走る。（在原野上跑。）

　　　　学校の前を通る。（經過學校前面。）

　　　　公園を散歩する。（在公園散步。）

　　△表示起點

　　　　家を出る。（出門。）

　　　　電車を降りる。（下電車。）

　　　　国を去る。（出國。）

陸を離れる。（離陸。）

学校を卒業する。（學校畢業。）

会社を辞める。（辭去公司之職。）

門を入る。（進門。）

⑻意志動詞和無意志動詞

意志動詞係指以意志進行的動作，而無意志動詞係指與意志無關之動作・作用・狀態的動詞。

△意志動詞之例（五段活用）

打つ	撲る	叩く	切る	拾う	泳ぐ	飛ぶ
渡る	言う	泣く	笑う	怒る	叱る	騒ぐ
走る	探す	隠す	掃く	汲む	拭く	吹く
引く	踏む	縫う	干す	弾く	磨く	倒す
畳む	刷る	焼く	剥す	振る	削る	押す
嘲る	脱ぐ	習う	運ぶ	掘る	巻く	描く
絞る	刈る	蒸す	編む	盗む	殺す	抜く
計る	結ぶ	試す	売る	買う	包む	縛る
割る	塗る	脅す	担う	抱く	剃る	志す
招く	呼ぶ	侮る	誘う	許す	裂く	履く
指す	愛す	破る	耕す	防ぐ	導く	解く
釣る	摑む	握る	行く	歩く	帰る	登る
折る	織る	練る	学ぶ	使う	覗く	願う
作る	貫く	摘む	注ぐ	盛る	頼む	戦う
記す	砕く……等々					

△意志動詞之例（上一段、下一段）

起きる　借りる　用いる　煮る　　着る　　射る

率いる　顧みる　案じる　応じる　信じる

食べる　投げる　与える　植える　始める

調べる　届ける　捨てる　教える　撫でる

助ける　逃げる　尋ねる　訪ねる　架ける

温める　越える　求める　揚げる　勧める

曲げる　集める　建てる　開ける　押える

設ける　育てる　考える　定める　述べる

分ける　構える　支える　決める　斥ける

並べる　混ぜる　歪める　埋める　揃える

立てる　泊める　漬ける　貯める　報せる

静める　変える　染める　整える　供える

褒める　備える　答える　掛ける　眺める

受ける　控える　弱める　求める……等々

△無意志動詞之例（五段活用）

回る　降る　咲く　鳴る　昇る　沈む　光る

輝く　浮く　蕾む　乾く　照る　縮む　沸く

曇る　散る　困る　渇く　冰る　腐る　治る

澄む　漂う　煙る　育つ　霞む　眩む　凋む

……等々

△無意志動詞之例（上一段、下一段）

伸びる　過ぎる　似る　落ちる　閉じる　干る

飽きる　染みる　老いる　　満ちる　足りる

減びる　流れる　生まれる　晴れる　揺れる

明ける　生える　熟れる　　優れる　聳える

絶える	栄える	果てる	湿める	呆れる
負ける	醒める	疲れる	濡れる	飢える
震える	現れる	殖える	増える	明ける
表れる	崩れる	慣れる	欠ける	乱れる
老ける	暮れる	砕ける	更ける	枯れる
倒れる	汚れる	垂れる	溶ける	……等等

另外，可能動詞只能由意志動詞轉化而成，且變成可能動詞時，表示該狀態。因此，可能動詞也是無意志動詞。

行ける	書ける	読める	話せる	聞ける
泳げる	飲める	打てる	立てる	待てる
働ける	登れる	飛べる	殺せる	結べる
歩ける	弾ける	脱げる	拾える	叩ける……等々

A　可以・能夠的表達法

△用動詞接「ことができる」。

表示意志的動詞接「ことができる」用以表示可能，此所謂「可能」係指「會、可以、能够」之意。如：

　　書くことができる。（會寫。）

　　話すことができる。（會説。）

但表示「作用・狀態」的動詞，不能接「ことができる」。如：

　　×降ることができる。

　　×困ることができる。

△用助動詞「れる」「られる」。

動詞接「れる」「られる」用以表示可能。如：

　　この海なら子供でも泳がれる。

（這個海邊，小孩子也可以游泳。）

図書館から本が借りられる。（可以向圖書館借書。）

新鮮な魚が食べられる。（新鮮的魚可以吃。）

　　五段動詞接「れる」表示可能的説法已很少使用，多將五段動詞改為下一段動詞來表示可能。但下一段及上一段動詞則接「られる」來表示可能。「する」則改用「できる」而「来る」則接「られる」成為「来られる」來表示可能。無意志的動詞亦不能接「られる」構成可能形，如：

　　　　×葉が枯れられる。

　　　　×時が過ぎられる。

只有意志動詞可接「られる」表示可能。如：

　　　　信じられる。（可以相信。）

　　　　並べられる。（可以陳列。）

　　　　答えられる。（會回答。）

　　△可能動詞

　　五段活用動詞轉化為下一段活用動詞，而具有「～ことができる」之意義者稱為可能動詞。如：

　　　　行く（去）→行ける（可以去）

　　　　結ぶ（連絡）→結べる（可以連絡）

　　　　取る（取）→取れる（能取）

上例的「行ける」「結べる」「取れる」一般稱為可能動詞。五段活用動詞之中只有表示意志的動詞可以轉化為可能動詞，無意志性的存在・作用・狀態的動詞不能轉化。但如「車は急に止まれない」（車子無法緊急停下）的「止まる」如果是擬人化時，可當意志動詞使用。

　　如上所述，可能的表達，係由意志動詞構成，而構成的可能動詞

本身係狀態動詞。如「書く」「食べる」是意志動詞，而「書ける」「食べられる」是狀態動詞。因此，動詞本身具有可能之意義者如「できる」「わかる」等是狀態動詞。

B　希求的表達法

動詞接助動詞「たい」用以表示希望。如：

買いたい。（想買。）

見たい。（想看。）

食べたい。（想吃。）

這些希望的表達法，係由意志動詞接「たい」而成，上例「買いたい」「見たい」具有複合形容詞的功用。其動詞「買う」「見る」「食べる」都是意志動詞。

再如「咲く」「飽きる」是無意志動詞，所以「咲きたい」「飽きたい」之類的說法不能成立。因此表示作用或狀態的無意志動詞沒有表示希望的說法。希望・希求的說法要用意志動詞接「たい」來表示。

C　命令

命令之意的表達有兩種，其一是使用動詞的命令形，其二是使用動詞的連用形接「な」。

△動詞的命令形

動詞的命令形在意義上有命令、願望、請求、放任、勉勵五種用法。如：

あっちへ行け。（到那邊去！）（命令）

雨よ降れ。（雨啊！下吧！）（願望）

作ってくれ。（幫我做！）（請求）

寝かせておけ。（讓他睡吧！）（放任）

元気を出せ。（提起精神來！）（勉勵）

在這些用法之中，有命令之意者主要為表示意志的動作動詞，如「書け」「起きろ」「集めろ」…等意志動詞的命令形均表示命令的意思。而「咲け」「晴れろ」「流れろ」等無意志動詞，若使用其命令形則在意義上係表示「願望」。

△動詞連用形＋「な」

動詞的連用形接終止詞「な」時，係表示輕微的命令或促其做該動作之意。如：

歩きな。（走路吧！）

拾いな。（拾起來）

食べな。（吃吧）

這些說法使用於親密關係者之間，所用的動詞為可以意志行使之動作動詞，吩咐其做該動作。無意志動詞則無法命令。如「治りな」「冰りな」「似な」「ありふれな」等的說法，不能成立。

D　禁止

禁止的表達使用「〜てはいけない」「〜な」的形式。如：

坐ってはいけない。（不可以坐。）

遊んではいけません。（不可以玩。）

悲しむな。（不要傷心。）

悩むな。（不要煩惱。）

心配するな。（不要擔心。）

禁止係壓抑對方的動作或心情，因此許多以意志進行的動作動詞

和部分表示心理作用的動詞均可使用表示禁止的説法，以吩咐或要求對方不要（不可）做該動作。表示心理作用的動詞接「な」時，更含有安慰的意思。

E　勧誘

　　表示勧誘的説法有動詞接助動詞「う・よう」和否定改為疑問的形態「〜ないか」「〜ませんか」等。如：

　　　　山に登ろう。（爬上山吧！）

　　　　映画を見よう。（看電影吧！）

　　　　君も行かないか。（你也去吧！）

　　　　あなたも作りませんか。（你也做好嗎！）

　　勧誘是向對方提出呼籲，促使對方有動作的意志，誘導或勸導對方做某動作，當然只有意志動詞才能表達。像「雨が降るだろう」（大概會下雨吧）「日も暮れよう」（太陽快下山了）等表示物理作用之動詞，如果接「う・よう」，則所表達的不是勧誘而是推量。表示可能的狀態動詞如「泳げる」「食べられる」等，若接「う・よう」而成為「泳げるだろう」「食べられよう」也是表示推量而非勧誘。再如「似る」「ありふれる」等原本表示狀態的動詞接「う・よう」時，既不能表示勧誘，也不能表示推量。無意志動詞採取「〜ないか」「〜ませんか」的形態時，並不表示勧誘，而是表示對狀態作用的疑問或詢問之意。如：

　　　　のどが渇かないか。（你不口渇嗎？）

　　　　雨に濡れませんか。（沒有被雨淋濕嗎？）

　　此種勧誘的説法，依該動詞是意志動詞或無意志動詞之不同，其所表示的意義亦有很大的不同。

F　請求

　　表示請求的説法有「～てくれ」「～てください」「～てくれな
いか」「～てもらえないか」等形態。如：

　　　　始めてくれ。（〔請〕開始。）

　　　　書いてくれ。（〔請〕寫！）

　　　　見てください。（請看！）

　　　　売ってください。（請賣給我）

　　　　話してくれないか。（請幫我説好嗎）

　　　　作ってくれないか。（幫我做好嗎）

　　　　貸してもらえないか。（能不能借給我？）

　　　　泊めてもらえないか。（讓我住下好嗎）

　　這些例子所使用的動詞都是意志動詞。請求是要求對方，請求對
方做某種動作的説法，因此以意志行使的動作動詞才能表達。再如：

　　　　雨よ降ってくれ。（雨啊！下吧！）

　　　　花よ咲いてくれ。（花呀！開吧！）

　　例句中的「降る」「咲く」是表示物理作用的無意志動詞，上例
是將自然物擬人化的説法，並非對方有意志，所以在意義上係表示願
望之意。再如「似る」「そびえる」「すぐれる」等原本表示狀態的
動詞，無法以其他力量加以變化，所以請求亦無用。因此無法請求。
若採取表示請求的形態如「似てくれ」「そびえてくれ」，則與表示
物理作用的動詞相同，是表示願望之意。

　　如此，請求的表達法也因動詞是意志動詞或無意志動詞的不同，
其意義與用法亦有別。

G　以補助動詞表示動詞的「相」

　　表示動詞的「相」，所用的形態有用補助動詞來表示者，亦有用複合動詞或其他形態表示者。在此提出以補助動詞表示動詞之「相」的「てみる、ておく」和「ていく、てくる」，從意志、無意志的層面來説明其對立。

　　(A)　「てみる」和「ておく」

　　動詞接「てみる」時，表示有意嘗試的動作，全部都是意志動詞。如：

　　　　電話してみる。（打電話看看。）

　　　　探してみる。（找找看。）

　　動詞接「ておく」時表示準備的動作。全部都是意志動詞。如：

　　　　残しておく。（先留下來。）

　　　　洗っておく。（先洗好。）

　　(B)　「ていく」和「てくる」

　　　　消えていく。（逐漸消失。）

　　　　解けていく。（逐漸溶解。）

　　　　薄^{うす}れていく。（逐漸淡薄。）

　　這些都表示狀態逐漸變化、進行、逐漸遠離原來狀態的樣子。

　　　　流れてくる。（流過來。）

　　　　湧いてくる。（湧出來。）

　　　　治ってくる。（好起來。）

　　這些都是表示逐漸變化，而逐漸接近現狀或結果的樣子。

　　「慣れていく」「慣れてくる」「疲れていく」「疲れてくる」「飽きていく」「飽きてくる」……等々，動詞接「ていく」「てくる」時，表示狀態的變化，大多是無意志動詞。

歩いて行く。（走路去。）

　　　走って行く。（跑步去。）

　　　駆って行く。（趕過去。）

　　　逃げて来る。（逃過來。）

　　　運んで来る。（搬過來。）

　　　訪れて来る。（來訪。）

　　這是意志動詞接「ていく」「てくる」的例子。意志動詞接「ていく」「てくる」時，與其說是補助動詞，不如說是意志動詞本來的意義具有副詞的性質，以修飾「行く」「来る」，而且此種用法較多。亦即「去的方法」和「來的方法」，用意志動詞加以限定。

H　表示對象的「が」

　　助詞「が」有格助詞的用法和接續助詞的用法。其中格助詞的用法有表示主格和表示對象兩種。

　　　ぼくが行く。（我去。）

　　　夜が明ける。（天亮。）

　　行使「行く」「明ける」的動作・作用的主體是「ぼく」「夜」，因此「が」是表示主格。但

　　　本が読める。（會看書。）

　　　天気が心配だ。（擔心天氣。）

句中「読める」的主體不是「本」而是「我」，「本」是「読める」的對象，並非「読める」的主體。可以說是「私は本が読める」（我會讀書）的「私は」省略掉的句子。第二句擔心的主體不是天氣而是「我」，因為無生物的「天氣」不可能擔心什麼，所以也是「私は天気が心配だ」（我擔心天氣）的「私は」省略了。日語大多省略主語

（主題），所以「本が読める」「天気が心配だ」的「が」不是表示主格而是表示對象。

　　　　富士山が見える。（可看到富士山。）

　　　　漢字が書ける。（會寫漢字。）

　　　　フランス語ができる。（懂得法語。）

　　這些句子的動詞「見える」「書ける」「できる」都是具有可能的意思，是無意志動詞。

　　　　昔がなつかしい。（懷念過去。）

　　　　水が飲みたい。（想喝水。）

　　　　りんごが好きだ。（喜歡吃蘋果。）

　　這些句子的述語「なつかしい」「飲みたい」「好きだ」是形容詞，是狀態性的。

　　　　秋の気配が感じられる。（感到秋天的氣息。）

　　　　子供の項がしのばれる。（不禁懷念小時候。）

　　這些是動詞接助動詞「れる」「られる」表示自發的例子。自發並非以意志促使某種動作，而是自然而然地有所感覺、有所懷念……的表示，是無意志的。

　　總之，格助詞「が」表示對象時，「が」下所接續的用言是無意志的。

｜　構成條件句的「と」「ば」「たら」

　　構成條件句的助詞有「と」「ば」和「たら」等，這三者有時共同使用，但其意義、用法稍有不同。在此僅就與意志・無意志有關者加以說明。

　　在表示順接恆常條件時，「と」「ば」「たら」的功能相同。如：

六を二で割ると三になる（6 除以 2 等於 3 。）

六を二で割れば三になる

六を二で割ったら三になる

這些句子是前面的條件成立，後面條件的內容一定成立。因為是恆常性的結果，所以在後件作為述語的用言並非以意志加以變化者，而都是狀態性的、無意志性的。

但如果表示順接假定條件時，「と」在後件無法表示意志，而「ば」「たら」則可。如：

△意志勸誘

　　×暇があると、本を読もう。

　　○暇があれば、本を読もう。（如果有空就看書吧！）

　　○暇があったら、本を読もう。

　　（如果有空就看書吧！）

△命令

　　×暇があると、本を読みなさい。

　　○暇があれば、本を読みなさい。

　　（如果有空請看書。）

　　○暇があったら、本を読みなさい。

　　（如果有空請看書。）

由上面用例可以看出，「ば」和「たら」在後件可以有意志、命令、請求等意志性的表示。而「と」則不能有意志性的表示。這是因為「と」的用法是沿著時間的流程，表示後面條件是前面條件自然變遷的結果，所以後面條件採取狀態性的表現。

J 授受的表達法

在對人關係之中，表示事物之授受關係的動詞，稱為授受動詞。授受動詞用以表達授受關係。授受動詞有

普通語　やる（あげる）　くれる　　　もらう

敬　語　さしあげる　　　くださる　　いただく

授受的表達視對方與自己之輩份（長輩或晚輩）及親疏關係（親密或非親密）而有不同。

先生に記念品（きねんひん）をさしあげる。（送給老師紀念品。）

友達に本をあげる。（送書給朋友。）

犬にえさをやる。（給狗食物。）

上例是說話者或話題中的人把物品送給對方的表達法，此時對長輩用「さしあげる」，對同輩或晚輩用「あげる」「やる」。

先生が絵皿（えざら）をくださる。（老師送畫盤給我。）
友達がボールペンをくれる。（朋友給我原子筆。）

伯父から馬をいただく。（伯父送馬給我。）
妹から鈴をもらう。（妹妹送鈴給我。）

上例是長輩或晚輩送物品給說話者的表達法。長輩授以物品，而接受時用「くださる」「いただく」，接受晚輩所送之物品時用「くれる」「もらう」。

這種授受的表達不僅用於具體事物的授受，有關利益、行為等，亦利用此類動詞做為補助動詞來表達。如：

ケーキを買ってあげる。（幫〔你〕買蛋糕。）

ケーキを買ってもらう。（請〔你〕幫我買蛋糕。）

授受是人以意志所做的行為，所以都要使用意志動詞。無意志動

詞無法表達授受關係。

　　×雨が降ってやる。

　　×花が咲ってさしあげる。

K　使役乎？他動詞乎？

使役是表示自己不做某動作，而叫（讓）他人去做的意思。

　　生徒が言葉を調べる。（學生查生字。）

這個句子的主體是學生，表示學生自己查生字，學生自己做「調べる」的動作。「調べる」是他動詞。

　　先生は生徒に言葉を調べさせる。（老師叫學生查生字。）

這個他動詞接使役助動詞「させる」，表示老師自己不做「調べる」這個動作，而是命令學生去做。使役的對象要能接受別人的命令而做事，所以使役的對象一定是生物。

　　子供を行かす（行かせる）。（叫孩子去。）

　　子供に行かす（行かせる）。（讓孩子去。）

這是自動詞接使役助動詞「す」「せる」的例子。自動詞改用使役形態時，使役的對象有用「を」表示，和用「に」表示者。如「子供に行かせる」，使役對象用「に」表示時，係叫小孩子做某動作，確定小孩子的意思，再讓他去做的意思，而「子供を行かせる」，用「を」表示時，與小孩子意志無關，係片面的決定要小孩子去做動作的意思。即前者為放任，而後者為強迫性。但兩者都是使役態。

使役係與行使動作者之意志無關，由意志動詞構成使役態，使役對象是生物。但他動詞並非對影響他人之動作加以命令，使其做該動作，而是主體本身做動作，自己的動作及於他物，所以他動詞的對象有生物，亦有無生物。

母親が子供を探す。（母親找小孩。）

弟は飛行機を飛ばす。（弟弟丟紙飛機。）

上例之「探す」「飛ばす」的動作主體是「母親」「弟」，由「母親」「弟」做該動作，並非命令他人去做，因此該動作並非使役，而是他動詞。

使役係由意志動詞接使役助動詞「せる」「させる」表示之，使役對象為生物。他動詞係表示動詞本身以意志影響於他物，但非使役之意，其對象有生物亦有無生物，但以無生物為多。均為意志動詞。

從以上的觀點，可由動詞的功能上將日語的動詞大致分為意志動詞和無意志動詞二類。而動詞是屬於意志動詞或無意志動詞，與表達和用法有關係。

日語的動詞，從形態上分類，以五段活用動詞最多，其次為下一段活用動詞。和語動詞中，五段動詞和下一段動詞占98％，而兩者之比率為2比1。從意義上的分類來看以表示動作者為最多，其中意志動詞亦占很高比率。日語動詞亦可分為自動詞和他動詞，意志動詞大多是他動詞而無意志動詞大多為自動詞。但如「行く」「帰る」「起きる」「寝る」「出る」「歩く」……之類的自動詞也是以意志行使的動詞，所以動詞因意志・無意志的不同，而與各種不同的用法有關。如此看來，日語動詞有必要從意志動詞和無意志動詞的觀點，重新加以正視。（請參考至文堂「解釈と鑑賞」1989年7月）。

〔6〕形容詞

　　名詞表示事物・事態之名稱，造句時主要用於「何は」「何が」之主語部份，而動詞和形容詞表示事態的敘述，用於「どうする」「どんなだ」之述語部分。「どうする」是動詞句，「どんなだ」是形容詞句。形容詞主要表示事物之狀態或人的感情・感覺。

(1)　形容詞的分類

　　形容詞從形態上可分為「イ形容詞」和「ナ形容詞」。「イ形容詞」如「白い、寒い、甘い、楽しい、新しい」等，終止形的語尾是「イ」，即學校文法所稱的形容詞。「ナ形容詞」如「静かな、のどかな、立派な、ショクな」等，連體形的語尾是「ナ」，即學校文法所稱的形容動詞。ナ形容詞（形容動詞）是因為僅用原有的形容詞無法滿足敘述的需要，為了補充其不足而形成的。主要是在平安時代，以名詞為語幹，下接「なり」「たり」而構成，如「静かなり」「堂堂たり」等。此稱為「ナリ活用」「タリ活用」。現代日語的ナ形容詞（形容動詞）係由這兩種系列合併而成。因此イ形容詞・ナ形容詞在形態上活用雖不同，但意義和用法上是相同的。本書把イ形容詞和ナ形容詞合成一個品詞，稱為形容詞。

A　イ形容詞之例

イ形容詞的語尾有「イ」和「シイ」。
△語尾是「イ」的形容詞（主要用以表示事物的狀態和人的感覺）
　　赤い　青い　白い　黒い　高い　低い　長い

短い　遠い　近い　深い　浅い　重い　軽い

良い　悪い　強い　弱い　暑い　寒い　甘い

辛い　酢い　苦い　痛い　痒い　臭い　汚い

熱い

△語尾是「シイ」的形容詞（主要用以表示事物的狀態和人的性質・感情）

正しい　新しい　珍しい　厳しい　詳しい

親しい　激しい　久しい　険しい　忙しい

難しい　卑しい　疑わしい　著しい　夥しい

悲しい　楽しい　寂しい　苦しい　悔しい

恋しい　嬉しい　恥しい　煩しい　懐しい

美しい　優しい　愛らしい

B　ナ形容詞（形容動詞）之例

△和語＋だ（連體形用「な」）

静かだ　のどかだ　かすかだ　細かだ　穏やかだ

和やかだ　明らかだ　まっ黒だ　楽しげだ

△漢語＋だ（連體形用「な」）

妙だ　急だ　変だ　簡単だ　立派だ　危険だ

不自然だ　非衛生だ　科学的だ　文化的だ

△外來語＋だ（連體形用「な」）

フレッシュだ　シンプルだ　シックだ

ロマンティックだ　スマートだ

(2) イ形容詞（形容詞）

A 活用的方法

基本形	語幹	未然形	連	用	形	終止形	連體形	仮定形	命令形
暑い	暑	かろ	かっ	く	う	い	い	けれ	○
主要用法		う	た たり	で・ない なる	ござ います す	結句	こと	ば	○

今年の夏は暑かろう（今年的夏天大概很熱。）（未然形）

去年の夏も暑かった（去年的夏天也很熱。）（連用形）

気候がだんだん暑くなる（天氣逐漸轉熱。）（連用形）

今日は朝早くから暑い（今天一大早就很熱。）（終止形）

暑い日は海へ行こう（炎熱的日子到海邊去吧。）（連體形）

あまり暑ければ、海へ行こう（如果太熱就到海邊去吧！）

（仮定形）

イ形容詞活用形的用法

①未然形

未然形接推量助動詞「う」，不接「ない」，這一點與動詞不同。

北海道は大雪でさぞ寒かろう。（北海道下大雪，想必很冷吧！）

「寒かろう」是較老舊的説法，現在都用「寒いだろう」「寒いでしょう」。至於「寒かろうが暑かろうが」（不論冷和熱）「背が高かろうと低かろうと」（不管個子高或矮）等的説法是慣用法，現在也使用。

②連用形

△「～かっ」的形態

　　此形用以接助動詞「た」和助詞「たり」。

　　遠足は楽しかった。（旅遊很愉快。）

　　この夏は、暑かったり寒かったりして気温が定まらない。

　　（今年夏天，冷冷熱熱，氣溫不定。）

△「～く」的形態

a 用以修飾其他用言（副詞法）。

　　山が高くそびえる。（山高高地聳立著。）

　　露が白く光る。（露珠亮晶晶地閃耀。）

b 句子暫時中止，再連續下去（中止法）

　　顔も美しく、心もやさしい。（臉形很美，心地也很善良。）

c 接「ない」表示否定。

　　この家はあまり広くない。（這房子不太寬。）

d 接助詞

　　甘くておいしいりんご。（又甜又好吃的蘋果。）

　　痛くもかゆくもない。（不痛也不癢。）

　　天気がよくても悪くても行く。（不論天氣好或壞都要去。）

　　古くさえなければよい。（只要不舊就可以）

　　だれもいないが、寂しくはない。（雖然沒有人在，但並不寂寞。）

△「～う」的形態

　　形容詞的連用形「く」接「ございます」「存じます」等時，該
語尾變成「う」。稱為「う音便」。在古典語有「ウ音便、イ音便、
撥音便」三種，現代語只剩「う音便」在使用。這是形容詞連用形活
用語尾的子音 K 脫落的現象。即 Ku→u

ありがたくございます→ありがとうございます

遠くございぼす→遠うございます

お寒く存じます→お寒う存じます

おめでたく存じます→おめでとう存じます

③終止形

a 用於句子的結束。

空が青い。（天空蔚藍。）

夜道（よみち）はさびしい。（走夜路很寂寞。）

b 接助動詞「そうだ（傳聞）」「らしい」「です」。

仕事は楽しいそうだ。（聽説工作很愉快。）

この本は大きいです。（這本書很大。）

今年の梅雨（ゆ）は長いらしい。（今年的梅雨季節好像很長。）

④連體形

a 接名詞（當修飾語用）

高い山。（高山。）

寒い冬。（寒冷的冬天。）

新しい学校。（新的學校。）

楽しい夢。（快樂的夢。）

b 接助詞

安いのでよく売れる。

（因為便宜所以銷路很好。）

眠いのに起きている。（想睡却還不睡。）

水は冷たいほどおいしい。（水越冷越好喝。）

遅くまで働く。（工作到很晚。）

形容詞的連體形接助詞時，如「ので」「のに」「ばかり」「ほ

ど」「まで」「くらい」「だけ」等，本來是屬於名詞。因此這些名
詞轉化為助詞時，也承接連體形。

　ｃ接「ようだ」。

　　　この川は<ruby>浅<rt>あさ</rt></ruby>いようだ。

　　　（這條河流好像很淺。）

⑤假定形

假定形接「ば」表示假定之意。

　　　天気がよければ、外で遊ぼう。（如果天氣好，就在外面玩
　　　吧。）

⑥命令形

　　現代日語的形容詞沒有命令形。在古語中如「幸多かれと祈る」
（祝你幸福），並非命令形而是表示願望。

B　形容詞的語幹的用法

ａ用語幹結束句子，表示感動。

　　あっ痛。（啊，好痛）

　　おお寒。（噢，好冷）

　　おお辛。（噢，好辣）

ｂ接助動詞「そうだ（樣態）」。

　　この魚はまだ新しそうだ。（這條魚好像還新鮮。）

　　学校は駅から近そうだ。（學校好像離車站很近。）

ｃ接尾語造詞。

　　高さ（名詞）　　　　　楽しさ（名詞）

　　深み（名詞）　　　　　親しみ（名詞）

　　寒け（名詞）　　　　　悲しげ（形容動詞）

うれしがる（動詞）　　古びる（動詞）

d 當複合語的成分。

近過ぎる　　重苦しい　　長袖　　細々

C　合成形容詞。

二個以上的單詞結合成的複合形容詞，或加接頭語・接尾語而成的形容詞，都當做一個形容詞使用。

△複合形容詞

浅黒い　細長い　毛深い　若々しい

△加接頭語・接尾語的形容詞

か弱い　ほの暗い　子供っぽい　女らしい

D　補助形容詞

普通的形容詞本身可單獨當述語使用。但也有失去原有之意義和獨立性，其功能有如助動詞者。稱之為補助形容詞。如

机の上に本がない。（桌子上沒有書。）—形容詞

柿はまだ赤くない。（柿子還沒變紅。）—補助形容詞

△補助形容詞「ない」的處理

表示否定的「ない」用法有三種；接在動詞的「ない」是助動詞，獨立使用而表示存在之有無的「ない」是形容詞，接在形容詞，其功能有如助動詞的「ない」是補助形容詞。如：

雨が降らない。（不下雨。）——助動詞

時間がない。（沒有時間。）——形容詞

今日は寒くない。（今天不冷。）——補助形容詞

即「降らない」的「ない」是接在動詞「降る」之下當助動詞使

用。「時間がない」的「ない」是表示存在的有無，為獨立使用，是形容詞。而「寒くない」的「ない」接在形容詞之下，當補助形容詞使用。一般認為「ない」與所接的詞之間，若能插入「は」「も」，則「ない」便是補助形容詞，若不能插入「は」「も」，則「ない」是助動詞。「降る」的否定不能説成「降らはない」「降らもない」，所以「ない」是助動詞，而「寒くない」可以説成「寒くはない」「寒くもない」，所以「ない」是補助形容詞。但

　　　雨が降らない。（不下雨。）

　　　今日は寒くない。（今天不冷。）

　　這兩句的「ない」都是在句末做否定的判斷的。在句末所下的判斷是以動詞、形容詞的原形來表示，或在表達不够充分時，添加助動詞來表示。「降る」和「寒い」雖然品詞有別，但表示對事態的敘述，加「ない」表示做否定判斷這一點是完全相同的。只是分為否定動作性的事態（降る）或狀態性的事態（寒い）而已。將其中之一稱為助動詞，另一種稱為補助形容詞，似乎不妥。因「降らない」的「ない」和「寒くない」的「ない」都是做否定判斷用的，所以似乎應一律稱為助動詞較妥。這一點時枝誠記先生在「日本文法」（口語篇）中亦有述及。但時枝先生把「寒くはない」的「ない」和「寒くない」的「ない」視為相同，筆者認為兩者應有區分。

　　ａ寒くない。

　　ｂ寒くはない。

ａ句的「ない」與「降らない」「起きない」的「ない」相同，都是直接連接在用言，是助動詞。而ｂ句的「ない」接在助詞「は」之後，在功能上是自立語，可認為是形容詞。只是雖屬形容詞，但與「本がない」「暇がない」的「ない」不同，其功能與「晴れている」

「話してみる」的「いる」「みる」相同，可認為是補助用言。「寒くない」是描寫實際並不寒冷的狀態，而「寒くはない」是判定與其他事態不同，是說話者敘述自己的感覺。並不是因為可以插入「は」「も」才視為形容詞，而是實際使用助詞「は」「も」時，才認為「ない」具有形容詞的用法。

　　　　△一般的看法　　降らない。（助動詞）
　　　　　　　　　　　　寒くない。（補助形容詞）
　　　　　　　　　　　　寒くはない。（補助形容詞）
　　　　△時枝文法　　　降らない。（助動詞）
　　　　　　　　　　　　寒くない。（助動詞）
　　　　　　　　　　　　寒くはない。（助動詞）
　　　　△筆者的看法　　降らない。（助動詞）
　　　　　　　　　　　　寒くない。（助動詞）
　　　　　　　　　　　　寒くはない。（補助形容詞）

　　「寒くない」和「降らない」是相同的表達法，而「寒くはない」和「降りはしない」「降ることはない」是相同的表達法。助詞「は」表示與其他有別，或與其他對比，或提示欲傳達給對方之事項，而且不只是提示，更把所提示的事項與說明該事項如何做、何種狀態、是什麼的述語部分相結合，確定兩者之關係。關於助詞「は」的性質，大野晉先生的「ハ」與「ガ」的研究史略一書（至文堂發行之「日本語の本性」）以及許多學者均有說明。助詞「は」用於說明句、判斷句。「降らない」「寒くない」是對現象事實的否定，而「降りはしない」「寒くはない」是說話者依自己的想法・感覺而做的否定判斷。「寒くない」和「寒くはない」兩者雖然都是否定，但在功能上有別，所以「寒くない」和「寒くはない」應有區分。

E 形容詞和其他品詞的區別

①形容詞的「ない」和助動詞的「ない」

△形容詞的「ない」

香りが<u>ない</u>。（沒有香味。）

寒く<u>ない</u>。（不冷。）

楽しくは<u>ない</u>。（並不覺得快樂。）

静かで<u>ない</u>。（不安靜。）

△助動詞的「ない」

読ま<u>ない</u>。（不讀。）

起き<u>ない</u>。（不起床。）

接在形容詞的「ない」是形容詞，接在動詞的「ない」是助動詞。如果「ない」與所接之詞之間可以插入助詞「は」「も」的，則「ない」是形容詞，否則便是助動詞。（暫且依據一般的説法。）

②構成形容詞語尾的「らしい」和助動詞「らしい」

△形容詞的「らしい」。

やさしくて女<u>らしい</u>。（溫柔得像個女人。）

子供<u>らしい</u>顔つき。（娃娃臉。）

い<u>やらしい</u>性質。（不光明正大的個性。）

△助動詞的「らしい」。

そこにいるのは女<u>らしい</u>。（在那裏的好像是一個女性）

部屋にいるのは子供<u>らしい</u>。（在房間裏的好像是小孩）

働くのがい<u>やらしい</u>。（好像是不願意工作）

構成形容詞語尾的「らしい」表示性質或狀態，而助動詞的「らしい」表示推量之意。形容詞的「女らしい」是「女（名詞）」接「らしい（接尾語）」而成，當做一個形容詞來使用。

③形容詞的「よく」和副詞的「よく」

△形容詞的「よく」

　　天気がよくなる。（天氣轉好。）

　　顔色も<ruby>かおいろ<rt></rt></ruby>よく健康だ。（臉色好顯得很健康。）

△副詞的「よく」

　　六月はよく雨が降る。（六月份常常下雨。）

　　父はよく外国へ行く。（父親常常出國。）

　　形容詞的「よく」是「よい」的連用形，在表達好壞時用以表示好的一面。而副詞「よく」是「しきりに（常常，不斷地）」的意思，沒有活用。

④イ形容詞和ナ形容詞語幹相同者

△イ形容詞

　　暖かい春。（暖和的春天。）

　　細かくなる。（變成細碎。）

　　ひ弱ければ。（如果虛弱的話…。）

　　黄色い（黄色的）。

　　四角い（四角形的）。

　　腹黒い（黒心腸的）。

　　まん丸い（很圓的）。まっ黒い（烏黒的）。

　　手荒い（粗魯的）。

△ナ形容詞

　　暖かな春。（暖和的春天。）

　　細かになる。（變成很細微。）

　　ひ弱ならば。（如果虛弱的話。）

　　黄色だ（黄色的）　　　四角だ（四角形的）

腹黒だ（黒心腸的）　　まん丸だ（很圓的）。

　　まっ黒だ（漆黒的）　　手荒だ（粗魯的）。

　　イ形容詞和ナ形容詞，普通以活用語尾的不同加以區分。即語尾是「イ」的為「イ形容詞」，連體形的語尾是「ナ」的為「ナ形容詞」。但若省略語尾，只用語幹時，如「手が真黒（手好黒啊）」，便無法分辨是「イ形容詞」或「ナ形容詞」。

　　⑤形容詞的「大きい」和連体詞的「大きな」

　　△形容詞的「大きい」

　　　大きい手（大的手）。

　　　小さい花（小的花）。

　　　おかしい音（奇怪的聲音）。

　　△連體詞的「大きな」

　　　大きな手（大的手）。

　　　小さな花（小的花）。

　　　おかしな音（奇怪的聲音）。

　　「大きな」「小さな」「おかしな」在許多文法書都當做連體詞的處理。本書在連体詞一章中也提及，但筆者認為當做形容詞來處理似乎較妥。

$$\begin{cases}大きい手\\大きな手\end{cases}\quad\begin{cases}小さい花\\小さな花\end{cases}\quad\begin{cases}おかしい音\\おかしな音\end{cases}$$

這種用法與形容詞的連體形完全相同。因其具有形容詞原有的意義。與其説它是連体詞，倒不如説是形容詞連體形的特殊形較妥。

F　在形態上應注意的形容詞

①無否定形者：「ない」。

②連用形當名詞用者：

　遠くが見える。（可以看到遠處。）

　近くに住んでいる。（住在附近。）

　多くの人々。（多數的人們。）

③只用一個形容詞，其連體形無法應用者

　多い町　　少ない国

「多い」「少ない」本身當修飾語時其修飾意義不完整，其前面尚須有相關的修飾成分才行。如：

　人口の多い町。（人口多的都市。）

　資源の少ない国。（資源少的國家。）

④「よい」和「いい」

基本形	未然形	連用形	終止形	連體形	仮定形	命令形
	よかろ	よかっ よく	よい	よい	よけれ	○
いい	○	○	いい	いい	○	○

　現代日語中，「よい」和「いい」的終止形和連體形都以相同形態使用。如

　　天気が<u>よい</u>（天氣好）。
　　天気が<u>いい</u>（天氣好）。

　　感じの<u>よい</u>店（感覺很好的商店。）
　　感じの<u>いい</u>店（感覺很好的商店。）

　「よい」是文章用語或是較客氣的説法，而在口語上大多使用「いい」。但其中如下列各句，並不使用於好的意義時用「いい」而不能用「よい」。

いい加減にするな。（不可敷衍塞責。）

いい気味だ（活該！）

いい面の皮をして……（丟人現眼。）

いい年をして、その格好は何だ

（一大把年紀，那種打扮算什麼！）

それはいい迷惑だ（那真够倒霉。）

あまりいい気になるな。（別洋洋得意。）

説話語氣客氣時，口語也使用「よい」。

今日は、とてもよいお話を伺えました。

（今天聽您一席話獲益良多）。

それはよい先生にお習いしましたね。（那是跟良師學習的。）

お宅のお嬢さまはよいお顔でよいお人柄で申し分がありませ

んね。（令媛長得美，人品又好，真是無可挑剔）。

(3) ナ形容詞（形容動詞）

A 活用的方法

基 本 形	語 幹	未然形	連	用	形	終止形	連體形	仮定形	命令形
きれいだ	きれい	だろ	だっ	で	に	だ	な	なら	○
主 要 用 法		う	た たり	ある ない	なる	結句	とき こと	（ば）	○

今夜は星がきれいだろう。

（今夜星星大概會很美。）（未然形）

夕べも星がきれいだった。

（昨晚星星也很美。）（連用形）

いつも星が<u>きれいで</u>ある。

（星星經常很美。）（連用形）

冬は星が<u>きれいに</u>見える。

（冬天的星星看起來很美。）（連用形）

北極星がとても<u>きれいだ</u>。

（北極星非常美。）（終止形）

<u>きれいな</u>土星（どせい）の輪（わ）が見える。

（可看到土星美麗的光環。）（連體形）

星が<u>きれいなら</u>（ば）天体（てんたい）写真を撮（と）ろう。

（星星如果很美，就拍天象的照片吧！）（仮定形）

ナ形容詞活用形的用法

①未然形

未然形接助動詞「う」，不接「ない」，此點與動詞不同。

今年も七夕祭（たなばたまつ）りは<u>賑（にぎ）やかだろ</u>うな。

（今年的七夕大概也會很熱鬧。）

②連用形

△「～だっ」的形態

此形接助動詞「た」。

妹は子供のころから<u>丈夫だっ</u>た。（妹妹從小就很健壯。）

△「～で」的形態

接動詞「ある」

彼の態度（たいど）は<u>立派（りっぱ）である</u>。（他的態度光明正大。）

— 150 —

接形容詞「ない」。

　　彼の態度は<u>立派で</u>ない。（他的態度不磊落。）

接助詞

　　体がひ弱<u>で</u>は何も出来ない。

　　（身體虛弱的話，什麼都不能做。）

　　顔つきは<u>穏やかで</u>も性格はきつい。

　　（雖然表情温和，但個性很剛強。）

　　体が<u>丈夫で</u>さえあれば何でもできる。

　　（只要身體健康，什麼都能做。）

中止法

　　五月は<u>さわやかで</u>、若葉がきれいだ。

　　（五月天氣爽朗，嫩葉很美。）

△「〜に」的形態

副詞法

　　この曲なら<u>簡単に</u>弾ける。（若是這首曲子，很容易就會彈。）

③終止形

結束句子。

　　彼は明るく<u>素直だ</u>。（他個性開朗直率。）

接助動詞「そうだ（傳聞）」。

　　浅草のほうずき市は<u>にぎやかだ</u>そうだ。

　　（聽説淺草的「鬼灯市集」很熱鬧。）

接助詞

　　風は<u>静かだが</u>、雨が降っている。

　　（雖不刮風，但下著雨。）

　　バラの花は<u>きれいだけれど</u>、トゲがある。

（薔薇花雖美，但有刺。）

<u>元気だ</u>と働きたくなる。（一有精神就想工作。）

この肉は<u>やわらかだ</u>から、食べやすい。

（這肉很軟，容易吃下。）

今日は波が<u>静かだ</u>な。（今天風平波靜啊！）

空が<u>まっ青だ</u>ね。（天空很蔚藍啊！）

④**連體形**

接名詞

<u>のどかな</u>日。（風和日麗的日子。）

<u>静かな</u>海。（寧靜的海。）

接「ようだ」

どうやらこの問題は<u>簡単な</u>ようだ。（這個問題好像是很容易。）

接助詞

雪山は<u>危険な</u>ので気をつけなさい。（雪山很危險，要小心。）

兄は<u>穏やかな</u>のに弟は乱暴だ。

（哥哥很溫和，但弟弟却很粗暴。）

神経が<u>こまやかな</u>だけによく気が利く。

（因為非常細心，所以想得很周到。）

⑤**假定形**

接助詞「ば」

風がなくても波が<u>静かなら</u>ば船を出そう。

（如果沒有風，海面也平靜的話，就把船開出去吧！）

（注意）不接接續助詞「ば」也表示假定的意思，在口語上普通不接「ば」。如：

<u>いやなら</u>はっきり言ってくれ。（如果不願意，就請説清楚。）

⑥命令形

形容詞是表示狀態性，而非表示動作的詞，所以命令之意無法成立。因而無命令形。

⑦語幹

語幹本身可當述語用，表示感動的心情。

　　わあ、きれい。（哇！好美！）

　　そんなのいや。（那種我不要！）

　　これは、すてき。（這好棒！）

接「そうだ」「らしい」「です」

　　丈夫そうだ。（好像很健康的樣子。）

　　盛んらしい。（好像是很興盛。）

　　正確です。（是正確的。）

接接尾語構成名詞

　　静かさ　のどかさ　丈夫さ　真剣み　新鮮み　暖かみ

△特殊形

「こんなだ、そんなだ、あんなだ、どんなだ」「同じだ」

這幾個ナ形容詞沒有連體形的活用語尾，用語幹直接連接体言。

$\begin{cases} ×同じな日 \\ ○同じ日 \end{cases}$ $\begin{cases} ×こんなな本 \\ ○こんな本 \end{cases}$

但接助詞「ので」「のに」時，要用活用語尾「な」

　　同じなので　　　こんななのに

B　ナ形容詞（形容動詞）的特徵

①現代日語的活用語，其終止形和連體形的形態都是相同的，只有ナ形容詞（含形容動詞型助動詞）的終止形和連體形的形態不同。

②ナ形容詞的語幹，有許多跟名詞難以區分。如「子供は元気だ」（小孩很健康）的「元気だ」是表示狀態，就是ナ形容詞，而「元気がよい」（很有精神）的「元気」是表示「元気」實體本身，所以是名詞。

③只用語幹即可構成獨立句。如「まあ！きれい」（哇！好美！）「お見事！」（好漂亮！）。這一點イ形容詞也是相同，即只用語幹可表達感動的心情。如：「あっ痛」（哎呀！好痛！）「おお寒」（噢！好冷）。但構成疑問句時，イ形容詞的語幹不能用。如不能説成「痛か？」「寒か？」，但ナ形容詞的語幹可以構成疑問句。如「きれいか？」「見事か？」。

イ形容詞的語幹也不能接終助詞，如不可説成「浅ね」「近ね」，但ナ形容詞的語幹可以接終助詞。如可以説成「静かね」「きれいね」。

這些特徵正顯示ナ形容詞的語幹有極強烈的獨立性。

④コソアド体系之一的單詞有「こんなだ、そんなだ、あんなだ、どんなだ」。這些單詞語幹的尾音是「な」，與連體形的「な」重疊，也許因此脱落一個「な」或省略掉，以致連體形「こんなな」等不常用。

C　ナ形容詞（形容動詞）與其他品詞的區別

①ナ形容詞和名詞

△ナ形容詞的語幹＋だ

　　　弟は元気だ。（弟弟很健康。）

△名詞＋斷定助動詞「だ」

　　　これは本だ。（這是書。）

「元気だ」表示身體的狀態，是ナ形容詞，而「本だ」表示物，是名詞，兩者有別。

如果有連體形「～な」的是ナ形容詞，如果不能改成其他形態的是名詞。如不能說成「本な」「山な」「花な」，所以這些都是名詞。而「元気な」「静かな」「危険な」則可成立，是ナ形容詞。

②ナ形容詞的語幹和名詞相同。

△ナ形容詞

　　彼は健康だ。（他很健康。）

　　雪山は危険だ。（雪山是危險的。）

　　日本は平和だ。（日本是和平的。）

　　親切に教える。（親切地教導。）

△名詞

　　健康は宝だ。（健康是寶。）

　　危険を感じる。（感覺危險。）

　　平和の鐘が鳴る。（和平鐘響起。）

　　親切が身にしみる。（切身感到親切。）

表示狀態，可承接副詞的是ナ形容詞。如「いつも健康だ」（經常都很健康）「かなり危険だ」（相當危險）。表示事物的本身，可接助詞「の」的是名詞，如「子供の健康」（小孩的健康）「山の危険」（山的危險）「国の平和」（國家的和平）。

③ナ形容詞的連體形「～な」和連体詞「～な」

△ナ形容詞

　　さわやかな秋。（涼爽的秋天。）

　　立派な人。（優秀的人。）

　　複雑な気持。（複雜的心情。）

— 155 —

△連体詞

　　大きな木。（大樹。）

　　小さな虫。（小蟲。）

　　おかしな絵。（滑稽的畫。）

　　兩者的區分可由是否有活用形加以確認。如可以説成「さわやか
だ」「立派だ」「複雑だ」就是ナ形容詞，但「大きな」「小さな」
「おかしな」不能説成「大きだ」「小さだ」「おかしだ」，所以是
連体詞。許多文法書都把「大きな」「小さな」「おかしな」當做連
体詞處理，本書也依例當連体詞，但這些連体詞與其他連体詞不同，
其意義與用法，和「大きい」「小さい」「おかしい」的連體形完全
相同，具有形容詞本來的意義，所以與其視為連体詞不如視為形容詞
較妥。「大きな」「小さな」「おかしな」三個詞，可認為是イ形容
詞連體形的特殊形。

　④ナ形容詞連用形的「に」和副詞語尾的「に」

　△ナ形容詞

　　急に降り出す。（突然下起雨來。）

　　簡単にかた付ける。（簡單地整理。）

　　緩やかに流れる。（緩緩地流。）

　　立派に育つ。（成長得很好。）

　△副詞

　　しきりに降る。（不斷地下雨。）

　　じきに帰る。（立刻回家。）

　　非常に明るい。（非常明亮。）

　　更に進む。（更前進。）

　　兩者依據有無活用來區分。看是否能説成「〜な」的形態，如

「急な」「簡単な」等，如果「〜に」可以改説成「〜な」的是ナ形容詞，否則便是副詞。如「しきりに」「じきに」不能説成「しきりな」「じきな」，所以是副詞。

〔7〕 助動詞

　　主語（主題）「何が」「何は」所表示的事物・事態由述語「ど
うする」「どんなだ」「何だ」加以敘述。述語主要由動詞、形容詞
、名詞構成，若其表達不充分時，則添加助動詞來表達。助動詞主要
是在句末表示說話者的判斷。其判斷的形態大致分為三種。

　　①表示肯定的判斷。（接「だ」「です」）。

　　　あれが富士山だ。（那是富士山。）

　　　学校は夏休みです。（學校放暑假。）

　　②表示否定的判斷。（接「ぬ（ん）」「ない」）。

　　　電車が動きません。（電車不開。）

　　　みかんは食べない。（不吃橘子。）

　　③表示時間的判斷。（接「た」「ている」「う、よう」「まい」
　　　「らしい」「そうだ」）。

　　△表示過去。

　　　きのう、海へ行った。（昨天到海邊去了。）

　　△表示現在。

　　　雨が降っている。（正在下雨。）

　　△表示未來（以時間來說為未來）。

　　　船を作ろう。（造船吧！）

　　　外へ出よう。（到外面去吧！）

　　　だれにも頼むまい。（不拜託任何人。）

　　　あしたは晴れるらしい。（明天好像會放晴。）

　　　もうじき帰るそうだ。（聽說馬上就要回來。）

以 助 動 詞 所 做 的 判 斷 方 式				
主要接於體言	主 要 接 於 用 言			
斷 定	否 定	時		間
です・だ	ぬ(ん)	過 去	現 在	未來(推量)
	ない	た	た(ている)	う・よう・まい らしい・そうだ

(1) 斷定・肯定的助動詞「だ、です、ます、ございます」

①活用與接續

基本形	未然形	連用形	終止形	連体形	假定形	命令形	接　　　　　續
だ	だろ	だっ で	だ	（な）	なら	○	接在體言、副詞、助詞 活用語的連体形
です	でしょ	でし	です	（です）	○	○	接在體言、副詞、助詞 活用語的連体形
ます	ませ ましょ	まし	ます	ます	（ますれ）	ませ まし	動詞的連用形

②意義和用法

A 「だ、です」

「だ」表示斷定之意，客氣的說法使用「です」「ございます」。

△接在體言。

これは本だ。（這是書。）

これは本です。（這是書。）

△接在副詞。

　　さすがだな。（果然是。）

　　さすがですね。（果然是。）

△接在助詞。

　　夏休みは二十日からだ。（暑假從二十日開始。）

　　冬休みは七日までです。（暑假到七日止。）

△接在活用語的連體形。

　　もうじき帰るだろう。（大概馬上就回來。）

　　家は遠いでしょう。（家住得很遠吧！）

B　「ます・ございます」

△接在動詞，表示客氣的語氣。

　　字が読めません。（不認識字。）

　　早く起きましょう。（早點起床吧！）

　　用事が済みましたら、知らせて下さい。

　　（事情辦好了，請告訴我。）

　　本を買います。（要買書。）

　　いらっしゃいまし。（歡迎光臨。）

　　お申しつけ下さいませ。（請吩咐！）

△接在形容詞，表示客氣的語氣。

　　お暑うございます。（好熱！）

　　そこは危険でございます。（那邊是危險的。）

③「だ」体和「です、ます」体

　　「だ」体大多用於文章体，親朋好友之間會話時也使用。男性在
談話時句末用「だ」者較多。

「だ」本身用於表示強烈的斷定。如：

　それでいいんだ。（那就好了。）

　ここが駅だ。（這裏是車站。）

「だ」和疑問詞一起連用表示自問或詢問。

　何だ、もう朝か。（什麼，已經天亮了。）

　そこにいるのはだれだ。（在那邊的是誰。）

　火事はどこだ。（火災在那裏？）

跟對方談話時，大多在「だ」之後加終助詞。

　外は雪だよ。（外面在下雪哦！）

　あしたは遠足だね。（明天要郊遊吧！）

　もうじき夏休みだな。（馬上就暑假了吧？）

　次は君の番だぞ。（下面輪到你啦！）

句末使用「です、ます」体時，句中大多使用「だ」体。如：

　きょうは日曜日なので、父が家にいます。

　（因為今天是星期日，所以父親在家。）

句中「日曜日なので」的「な」是斷定助動詞「だ」的連體形。再如：

　父は医者で、母は看護婦です。

　（父親是醫生，母親是護士。）

句中「医者で」的「で」是斷定助動詞「だ」的連用形。

「です」「ます」的不同在於「ます」接在動詞，而「です」接在名詞或相當於名詞之語句。「ございます」比「です」更為客氣，在稍鄭重時使用。「おはようございます」「ありがとうございます」之類的慣用句並非強烈的客氣說法，而是一般客套說法。「ます」接在動詞只是表示客氣。但「です」有客氣之意，亦替代「だ」表示斷

定之意。

④「形容詞＋です」

形容詞的客氣説法一般是加「ございます」來表示，如大きゅうございます」「楽しゅうございます」。但這種形態感覺上太長又太客氣，所以實際上廣泛使用的形態是「大きいです」「楽しいです」。國語審議會建議：「長久以來一直成為問題的形容詞連接法──例如「大きいです」「小さいです」等，形態上平易、簡潔，可以准許應用」（これからの敬語、昭和27年）。這個意見提出以後，社會上，學校都使用「形容詞＋です」的形態了。

(2) 否定的助動詞「ぬ（ん）・ない」

①活用和接續

基 本 形	未然形	連用形	終 止 形	連 体 形	假定形	命令形	接　　　續
ぬ(ん)	○	ず	ぬ(ん)	ぬ(ん)	ね	○	接在動詞未然形
ない	なかろ	なかっ なく	ない	ない	なけれ	○	接在動詞未然形

②意義和用法

表示否定之意

きょうは、空が晴れ<u>ない</u>。（今天天空不放晴。）

きのうも、空が晴れ<u>なかっ</u>た。（昨天天空也沒有放晴。）

あしたも、晴れ<u>なけれ</u>ば、どうしよう。

（明天若也不放晴，怎麼辦？）

そんなこと知ら<u>ぬ</u>はずだ。（那種事該不會知道。）

早く行か<u>ね</u>ば遅刻するぞ。（不快點去，會遲到哦！）

必ず忘れ<u>ず</u>に持って参ります。

（一定不會忘記帶來。）

彼は道で会っても知らん顔をしている

（他在路上遇到也裝做不認識的樣子。）

△在普通体（常体）的句末使用「ぬ（ん）」的是西日本（關西地區）的語言，在東京地區都使用「ない」。

{
よくわからない。（不大清楚。）——（東京）
よくわからん。（不大清楚。）——（西日本）
}

{
きょうは雨が降らない。（今天不會下雨。）——（東京）
きょうは雨が降らん。（今天不會下雨。）——（西日本）
}

△標準日語敬体的句末用「ん」表示否定

上くわかりません。（不大清楚。）

きょうは雨が降りません。（今天不會下雨。）

△日常會話上標準日語用「ない」比用「ぬ」更為普遍，但在慣用句也常使用「ぬ」。

飲まず食わず（不吃不喝）。

見て見ぬふり（裝做沒有看到）。

知らず知らず（不知不覺）。

言わぬが花（不説為妙）。

降りもせず照りもせず（不下雨也不放晴）。

思わず笑う（禁不住笑）。

思わぬ出來事（意外的事故）。

△「ないものか」有表示反語和願望兩種用法。

そんなことが分からないものか、いや、わかる

（那種事你不知道？不，我知道）——（反語）

もっと寿命が延びないものかと願っている。

（希望生命能更延長）──（願望）

表示願望時，有時在「ものか」之後添加「と願っている」「と祈っている」「と望んでいる」，或用「ないものかなあ」的形態而省略了「〜ほしい」的形態。

△「ない・ん」用於疑問句時有時並非否定，而表示勸誘。

お茶でも飲みませんか。（喝杯茶好嗎？）

映画、見ない？（看電影好嗎？）

△否定的「ない」接助詞時有「なくて」和「ないで」兩種形態。承接形容詞時用「なくて」的形態，而承接動詞時有「なくて」和「ないで」兩種用法。（請參閱助詞「て」項）。

③助動詞「ない」和形容詞「ない」之區別

△助動詞的「ない」。

行かない。（不去。）

起きない。（不起床。）

受けない。（不接受。）

△形容詞的「ない」。

お金がない。（沒有錢。）

大きくない。（不大。）

美しくない。（不美。）

「行かない」的「ない」是否定「行く」的，可以認定為助動詞，而「お金がない」的「ない」是表示金錢之有無，可認定為形容詞。「起きない」「受けない」也是動詞接「ない」表示說話者的否定判斷，這個「ない」是助動詞。但「大きくない」「美しくない」，在形容詞與「ない」之間可插入「は」「も」，而成為「大きくはない」「美しくもない」，所以這個「ない」是形容詞。即接在動詞的「な

い」是助動詞，接在形容詞的「ない」是形容詞。以上所述是現今一般對「ない」的通行說法。

　　但是，一個詞接「ない」時，其間如可插入助詞，是一種假定的說法，實際的句子中並不使用「助詞」，所以如果形容詞與「ない」之間插入助詞「は」或「も」，有必要與不插入「は」或「も」之情形加以區別。「行かない」和「大きくない」都是否定判斷，「行かない」是動作的否定，而「大きくない」是狀態的否定。在句末扮演補助用言之角色，兩者相同。因為都是用以做否定判斷的，所以「行かない」的「ない」和「大きくない」的「ない」兩者都當做助動詞較為允當。如「大きくはない」「大きくもない」，中間插入「は」「も」時才可以認定這個「ない」是形容詞。

　　「映画を見る」的「見る」是實際用眼睛去看，所以「見る」是本動詞，而「調べてみる」「書いてみる」的「みる」失去「見る」原來的意義，變成嚐試的意思，扮演助動詞般的角色，稱為補助動詞。「大きくはない」「大きくもない」的「ない」，其原有形容詞之意義也淡化，用以否定狀態，其功能亦如助動詞。這種「ない」可認為是補助形容詞。

　　△一般的說法

　　　　行か<u>ない</u>（不去）──助動詞

　　　　大きく<u>ない</u>（不大）──補助形容詞

　　　　大きくは<u>ない</u>（不大）──補助形容詞

　　△時枝文法

　　　　行か<u>ない</u>（不去）──助動詞

　　　　大きく<u>ない</u>（不大）──助動詞

　　　　大きくは<u>ない</u>（不大）──助動詞

△筆者的看法

　行かない（不大）──助動詞

　大きくない（不大）──助動詞

　大きくはない（不大）──補助形容詞

(3)　過去・完了的助動詞「た」

①活用和接續

基本形	未然形	連用形	終止形	連体形	假定形	命令形	接　　　續
た	たろ	たっ	た	た	たら	○	活用語的連用形

②意義和用法

主要用以表示過去・完了・存續的狀態

a 表示過去（回想）。

　表示動作・作用・狀態・性質等的內容屬於過去。

　先週、海へ行った。（上週到海邊去了。）

　去年の夏、はじめてヨットに乗った。

　（去年的夏天第一次坐遊艇。）

b 表示完了。

△表示動作・作用・狀態已經完成。

　春が来た。（春天來了。）

　月が出た。（月亮出來了。）

　花が咲きそろった。（花開齊了。）

　太陽が沈んだ。（太陽西沉了。）

　御飯が炊き上がった。（飯煮好了。）

　元気になった。（恢復健康了。）

手紙を書き終えた。（信寫好了。）

△動作・作用・狀態實際雖未完成，但判斷在那個時候可完成，
或假定時使用。

あした早く来た人から順に面接します。

（明天早到的人依序面談。）

来週お会いしたときに相談しましょう。

（下週見面時再商量吧！）

福引に当選した方に賞品をさしあげます。

（抽獎中獎的人，贈送給獎品。）

問題の解けた人から帰ってよろしい。

（會解答問題的人可以回去。）

今度来たとき持ってきて下さい。（下次來的時候請帶來。）

あした雨が降ったらどうしよう。（明天如果下雨怎麼辦。）

雨が止んだら出かけよう。（如果雨停了就出去吧！）

駅に着いたら電話をください。（到了車站請打電話給我。）

宿題が終わったら外で遊びなさい。

（如果作業做好了，請在外面玩。）

c 表示存續的狀態。

△成為連體修飾的成分表示狀態。

似た絵（相似的畫）	にやけた口元（像女人的嘴）
違った答え（不同的答案）	困った問題（為難的問題）
やせた足（瘦瘦的脚）	尖った鉛筆（尖的鉛筆）
すぐれた才能（優秀的才能）	濁った水（混濁的水）
汚れた手（弄髒的手）	輝いた目（烱烱的目光）
太った体（胖胖的身體）	澄んだ空（晴朗的天空）

あっさりした味（清淡的味道）　　さっぱりした性格（直爽的性格）

伸びたつる（伸長的蔓）　　　　　おどけた姿（滑稽的樣相）

混んだ電車（擁擠的電車）　　　　かすんだ空（朦朧的天空）

手のこんだ料理（精緻的料理）

おどおどした態度（戰戰兢兢的態度）

悠々とした生活（悠閒的生活）

△以「形容詞＋た」的形態在述部表示狀態。

　　君の家、意外と近かったよ。（你的家，沒想到這麼近。）

　　あなたはお母さんに似たのね。（你像你的母親。）

△表示確認之意。如「たった今気づいた（剛剛注意到了）」「たった今知った（剛剛知道）」「たった今感じた（剛剛感覺到）」等，表示現在的動作・作用・狀態。

　　あっ、宿題がまだやってなかった。（啊，作業還沒做。）

　　しまった。火がつけっぱなしだ。（糟了！火沒有關。）

　　そうだ。電話するのを忘れた。（對了！忘了打電話。）

　　しめた。やったあ。（太好了！趕得好。）

　　あった、あった、失くした本が。

　　（有了！有了，遺失的書找到了。）

　　わかった、やっと謎が解けた。

　　（知道了，謎底終於解開了。）

　　そうだったのか、知らなかった。（原來是這樣！我不知道。）

　　小さい秋見つけた。（我看到一點秋色了！）

　　あっ、まだそこに居たの。（啊！你還在那裏！）

　　やっと今思い出した。（現在終於想起來了。）

△表示輕微的命令之意。

　　早くそこをどい<u>た</u>。（快點離開那裏。）

　　向こうへ行っ<u>た</u>行っ<u>た</u>。（到那邊去！）

　　急いで歩い<u>た</u>歩い<u>た</u>。（趕快走！）

　　バナナの安売りだ、買っ<u>た</u>買っ<u>た</u>。（香蕉大減價！買吧買吧！）

③「た」的問題

　　△「た」接在ガ行、ナ行、バ行、マ行的五段動詞時改為濁音「だ」。如

　　泳い<u>だ</u>（ガ行）　　　死ん<u>だ</u>（ナ行）

　　飛ん<u>だ</u>（バ行）　　　読ん<u>だ</u>（マ行）

　　△「た」在敬體的句子，接在表示客氣的助動詞「です」「ます」之後，表示完了之意。

　　空が晴れまし<u>た</u>。（天空放晴了。）

　　父は画家でし<u>た</u>。（家父曾是畫家。）

　　△一般文法書上，均未提「た」的連用形「たっ」。但下列句子，接助詞「け」時，用得到。如：

　　そんなこと言ったっけ。（那件事說過了吧！）

　　子供のころ一緒に遊んだっけ。（小時候一起玩過呢！）

　　「言ったっけ」的「け」是「言ったりけり」的轉音形，「たり」的音便化而成為「たっ」。雖是特殊的例子，在現代日語中仍實際在使用，本書乃以連用形予以列入。

　　△過去和完了之區別

　　過去・完了都用「た」來表示，何者為過去，何者為完了，常弄不清楚。其區分的基準之一，可將動詞接「てしまった」看看，如果是表示完了，則全部均可接「てしまった」。如：

春が来<u>た</u>（春が来てしまった）。（春天來了。）

月が出<u>た</u>（月が出てしまった）。（月亮出來了。）

花が咲きそろっ<u>た</u>（花が咲きそろってしまった）。（花開齊了。）

　　相反地，表示過去的句子不能改為「てしまった」的形態。如果改為「てしまった」的形態，其意義含有與意志相反，「自分並無那種意思」的心情。

海へ行っ<u>た</u>。（到海邊去了。）

海へ行ってしまった。（表示自己無意去海邊，但結果到海邊去了。）

ヨットへ乗っ<u>た</u>。（坐了遊艇。）

ヨットへ乗ってしまった。（表示自己並無意坐遊艇，但結果坐上了遊艇。）

(4)　推量的助動詞「そうだ、ようだ、らしい、う、よう、まい」

①活用和接續

基本形	未然形	連用形	終止形	連体形	假定形	命令形	接　　　　　續
らしい	○	らしかっ らしく	らしい	らしい	○	○	接在體言、形容詞語幹、副詞、助詞（由體言轉化者）活用語的終止形
そうだ （傳聞）	○	そうだ	そうだ	○	○	○	活用語的終止形
そうだ （樣態）	そうだろ	そうだっ そうで そうに	そうだ	そうな	そうなら	○	形容詞語幹 動詞連体形

ようだ	ようだろ	ようだっ ようで ように	ようだ	ような	ようなら	○	活用形的連体形、連体詞、助詞「の」
う	○	○	う	（う）	○	○	五段動詞、形容詞、助動詞的未然形
よう	○	○	よう	（よう）	○	○	五段以外的動詞未然形
まい	○	○	まい	（まい）	○	○	五段動詞的終止形 五段以外動詞的未然形

②意義和用法

A 「らしい」

表示推量斷定之意。即雖然無法斷定，但依據別人的傳聞，或自己所見所聞等某些事實，加以推測之意。

　△上接体言：あしたは雨らしい。（明天好像會下雨。）

　△上接動詞：もうすぐ出かけるらしい。（好像就要出去。）

　△上接形容詞：この冬は寒いらしい。（今年冬天好像會很冷。）

　　　　　　　この問題は簡単らしい。（這個問題好像很簡單。）

　△上接助動詞：学校ではほめられるらしい。（在學校好像受到誇獎。）

　　　　　　　映画を見てきたらしい。（好像去看過電影了。）

　　　　　　　川では泳げないらしい。（河裏好像不能游泳。）

　△上接助詞：10時からららしい。（好像從10點開始。）

　　　　　　ここにあるだけらしい。（好像只有這裏有。）

　　　　　　もうこれまでらしい。（好像到此為止。）

これっきりらしい。（好像只限於這。）

△上接副詞：梅雨明けはまだらしい。（梅雨季節好像還没結束。）

助動詞「らしい」和其他品詞的區別

△助動詞「らしい」

あの建物は区役所らしい。（那建築物好像是區公所。）

この本は子供のらしい。（這本書好像是小孩子的。）

△接尾語「らしい」

いかめしくて、いかにも区役所らしい建物だ。

（那棟建物很堂皇，很有區公所的氣派。）

子供らしい、無邪気な顔をしている。

（像孩子般，天眞無邪的表情。）

這兩個「らしい」的區分是，如果有「推量斷定」之意者為助動詞，否則為接尾語，有「好像…一般，像…樣子」之意者為接尾語，否則為助動詞。接有接尾語「らしい」之詞當形容詞使用。如「子供らしい」。接尾語「らしい」使體言轉化成形容詞，添加「好像…樣子」之意。

接尾語「らしい」的用例。

母親らしい気づかいのお弁当。

（很像母親那樣用心製作的飯盒。）

いかにも都会らしいセンスのある服だ。

（確實是有都市韻味的服裝。）

彼の態度はさわやかで若者らしい。

（他的態度很豪爽，有年輕人的樣子。）

いかにも学者らしく真面目だ。

（確實很認眞有學者風範。）

B 「そうだ」

用於表示傳聞之意。表示樣態的「そうだ」接在活用語的連用形，而表示傳聞的「そうだ」則接在活用語的終止形。

今夜は晴れる<u>そうだ</u>。（聽説今夜會放晴。）

シベリヤは寒い<u>そうだ</u>。（聽説西伯利亞很冷。）

冬山は危険だ<u>そうだ</u>。（聽説冬天的山路很危險。）

彼は学生だ<u>そうだ</u>。（聽説他是學生。）

もう病気は治った<u>そうだ</u>。（聽説病已痊癒。）

「晴れる」「寒い」「危険だ」係對方已加以判斷，接「そうだ」之後，再度增加説話者之判斷，表示「そういう話だ」（就是那麼一回事）的意思。表示傳聞的「そうだ」係由指示語「そう」＋表示斷定的「だ」而成的助動詞。過去形或肯定・否定形是對方的判斷，所以都在「そうだ」之前。

忙しかった<u>そうだ</u>。（聽説很忙。）

泳ぐのだ<u>そうだ</u>。（聽説是要游泳。）

出かけない<u>そうだ</u>。（聽説不出去。）

C 「そうだ」（形式名詞「そう」＋斷定助動詞「だ」）

表示樣態之意。

「雨が降りそうだ。」（好像要下雨的樣子。）

這個句子是説話者將自己所看到的現在即將下雨的樣子・狀態，加以肯定判斷，表示「それらしい様子」（好像是那樣）的意思。「降りそうだ」並非以「そうだ」來推量「降る」的作用，應該認定是「降りそう」（有「降る」樣子的複合名詞）＋斷定助動詞「だ」，予以肯定判斷的表示。

この柿は甘そうだろう。（這柿子大概很甜吧。）

　這個句子並非因不知道柿子甜不甜，而加以推量判斷，而是這柿子外表看起來像很甜的樣子，詢問對方「看起來像那個樣子吧」。推量的判斷是在句末接「う」來表示。

　　　今夜は晴れそうだ。（看樣子今夜會放晴。）
　　　子供たちは楽しそうだった。（孩子好像很快樂的樣子。）
　　　この商品は売れそう。（看樣子這商品銷路不錯。）
　　　彼はまだ起きそうもない。（他還沒有要起床的樣子。）

　上例的「晴れそう」「楽しそう」「売れそう」「起きそう」是指由說話者看來有「晴れる」「楽しい」「売れる」「起きる」的樣子‧狀態。其連用形接「そう」清楚地表示了外表看到的狀態。因此其下添加了表示肯定、否定、推量之判斷的助動詞「だ」「だろう」「ない」「だった」等。

　動詞與其他的詞複合成一個名詞時，一定使用連用形。如：「飲み水」「包み紙」「手洗い」「雨降り」「行き帰り」「使い捨て」等。同樣地，「晴れそう」「楽しそう」「売れそう」也可以看做是一個複合名詞。

　　　　彼はまだ起きそうもない。（他還沒有要起床的樣子。）

　這個句子的「起きそう」並非用「そうだ」來推測「起きる」，而是說話者在句末用「ない」來否定「起きる樣子」「起きる狀態」。一般均將「そうだ」當做一個助動詞來處理，所以也需要「そうも」的活用形。但「も」是助詞，「起きそう」當做一個複合名詞來處理，則「起きそうもない」即可做合理的解釋。因此，與其把「そうだ」當做助動詞，不如將「そうだ」視為「形式體言「そう」＋斷定助動詞「だ」較為自然、合理。

D 「ようだ」（形式體言「よう」＋斷定助動詞「だ」）

表示比況・例示・樣態之意。

△表示比況。

妹の性格は明るくて太陽の<u>よう</u>だ。

（妹妹的個性明朗，像太陽一樣。）

立て板に水を流す<u>よう</u>に話す。（口若懸河般地説。）

雲を摑む<u>よう</u>な話しだ。（是不著邊際的話。）

「ようだ」用於比況時，上接「の」，如「りんごのようなほっぺ」（像蘋果般的臉頬），或上接用言的連體形，如「水を流すように話す」（流暢地説）。

「の」是連接體言的助詞，連體形是接體言的，承接「の」和連體形的，可以説是體言，所以「ようだ」的「よう」可以説是體言。

△表示例示。

今年の<u>よう</u>に雨の多い夏は珍しい。

（像今年這麼多雨的夏季很少）。

電話の<u>よう</u>な便利なものが発達した。

（像電話這麼方便的工具很發達。）

この<u>よう</u>な問題は簡単に解ける。

（像這種問題可以容易地解答。）

「ようだ」表示例示時，上接助詞「の」，如「今年のように」，或上接連體詞「この、その、あの、どの」。助詞「の」是連接體言的助詞，而連體詞僅能修飾體言，所以接在助詞「の」之後的，或接在連體詞之後的就是體言。

也就是説，「今年のように」「このように」的「よう」接在助詞「の」或連體詞「この」之下，這個「よう」必須體言才行，不能

當做是助動詞。所以表示例示的「ようだ」也可以視為「体言＋だ」。

△表示樣態。

　　だいぶ泳げる<u>よう</u>になった。（已經游得相當好了。）

　　この問題は簡単な<u>よう</u>で難しい。

　　（這個問題看似簡單，其實很難。）

　　社長は来月、外国へ出発する<u>よう</u>だ。

　　（社長好像下個月要出國。）

　　「ようだ」表示樣態時，上接助詞「の」或用言的連體形。連體形下接體言，所以承接連體形的詞就是體言，「泳げるようになる」的「泳げる」，「簡単なようで」的「簡単な」是連體形，「よう」是承接連體形，所以是體言。「あの家は留守のようだ」（那一家好像沒有人在），「<ruby>向<rt>む</rt></ruby>こうから来るのは母のようだ」（那邊來的人很像我的母親）的「よう」，上接助詞「の」，所以是體言。也就是説，表示樣態的「ようだ」也可視為「體言＋だ」。

　　「そうだ」（樣態），「ようだ」一般都當做助動詞，本書在助動詞活用表中也列入。但如前所述，似應視為「形式体言＋だ」。（請參閲至文堂「解釈と鑑賞」1989 年 6 月號）。

E　「う、よう」

表示推量・意志・勧誘之意。

△用於第一人稱時，表示意志。

　　ぼくは学校へ行こ<u>う</u>。（我要去學校。）

　　わたしは朝早く起き<u>よう</u>。（我早上要早起。）

△與對方共同行動時，是呼籲・勧誘之意。

　　お父さん、早く帰ろ<u>う</u>よ。（爸爸，早點回來吧！）

お姉ちゃん、シャボン玉しよう。

（姐姐，來吹肥皂泡吧！）

△用於第三者及人以外的是推量。

兄は学校へ行くだろう。（哥哥大概要去學校。）

弟はもう出かけたろう。（弟弟大概已經出去了。）

もうすぐ桜も咲くだろう。（櫻花大概馬上就要開了。）

今年の夏は暑かろう。（今年的夏天可能很熱。）

△用於引用時，也可表示第三者的意志。

弟は「川で泳いでこよう」と言った。

（弟弟説：「我要去河裏游泳」。）

F 「まい」

表示否定的意志和否定的推量。

△接在以意志行使的動作動詞和心理作用的動詞，用於第一人稱時，表示否定的意志。有「不…，不想…」之意。

彼には二度と会うまい。（不再跟他見面。）

いつまでも悲しむまい。（永不悲傷。）

△動作動詞、心理作用的動詞用於第三者及人以外的，是表示否定的推量。有「大概不…」之意。

彼は外国へは行くまい。（他大概不出國。）

あの父親は娘の結婚を喜ぶまい。

（那個父親大概不歡迎女兒結婚。）

△用於引用第三者發言時，也可以表示否定意志。

兄は「二度とたばこを吸うまい」と言った。

（哥哥説：「決不再抽煙。」）

△「まい」接在無意志性的動詞時，表示否定推量之意。

　　まだ夜も明け<u>まい</u>。（天大概還沒亮。）

　　這個「まい」大多使用在文章体，年長者或較鄭重的口氣，現代語一般都使用「…ないつもりだ」（不想…不打算），「…ないだろう」（大概不…）的形式。

⑸　準助動詞「せる・させる」「れる・られる」 「たい・たがる」

　　表示肯定、否定、過去、推量的助動詞「だ、です、ない、た、そうだ、う、よう、まい」係輔助述語的敘述功能，接在句末，表示說話者的判斷。

　　但「せる、させる、れる、られる、たい、たがる」所表示的不是說話者的判斷，而是屬於主語所示的動作或心理作用，常與動詞連接，具有一種接尾語的特性，因此視為準助動詞，與其他助動詞分開處理。

①活用和接續

基本形	未然形	連用形	終止形	連体形	假定形	命令形	接　　　　　續
せる	せ	せ	せる	せる	せれ	せろ	五段、サ變的未然形
させる	さ させ	（し） させ	す させる	す させる	させれ	（せよ） させろ させよ	上一、下一、カ變的未然形
れる	れ	れ	れる	れる	れれ	れろ （れよ）	五段、サ變的未然形
られる	られ	られ	られる	られる	られれ	られろ （られよ）	上一、下一、カ變的未然形

②意義和用法

A 「せる・させる」

表示使役之意。即本身並不做該動作，而是叫別人做該動作的叫做使役。

　　弟に本を読ませる。（叫弟弟讀書。）

　　妹に窓を閉めさせる。（叫妹妹關窗。）

a 動詞＋使役＋被動

△本來的形態

　　書かせられる　　　見させられる

　　出させられる　　　来させられる

△新的形態

　　書かされる　　　見さされる

　　出さされる　　　来さされる

　　五段活用動詞除了「話す、許す」等サ行動詞之外，使用「動詞＋使役＋被動」的形態時，使役的未然形不常用「せ」，而使用「さ」。即「書かされる」比「書かせられる」更常用。如：

　　行かされる　　　泳がされる　　　待たされる

　　死なされる　　　飛ばされる　　　飲まされる

　　切らされる　　　歌わされる

b 他動詞＋使役

　　ア弟が本を読む。（弟弟讀書。）

　　イ父は弟に本を読ませる。（父親叫弟弟讀書。）

　　ア赤ちゃんがミルクを飲む。（嬰兒喝牛奶。）

　　イ母親は赤ちゃんにミルクを飲ませる。

（母親讓嬰兒喝牛奶。）

上例ア句是原句，イ句是使役句。「読む」「飲む」是他動詞。他動詞接使役助動詞，則原句的主語即轉為使役的對象。如上例原句主語「弟が」「赤ちゃんが」，在使役句中轉成「弟に」「赤ちゃんに」，成為使役的對象，使役的對象用「に」表示。

c 自動詞＋使役

> 子供を行かせる。（叫小孩子去）
> 子供に行かせる。

> 子供を登らせる。（叫小孩子爬上）
> 子供に登らせる。

自動詞構成使役形時，表示使役對象的助詞有「に」和「を」。用「に」表示時，係表示告訴對方，依其意向，讓他做該動作之意。「に」本來是指定場所的助詞，使役是影響對方，讓對方做該動作的，所以一般使用「に」。但自動詞的使役對象有時也用「を」，「を」是表示單方面影響對象的助詞，用在使役對象時，比「に」更具強制性，係表示片面決定，叫對方做該動作之意。因此「子供に行かせる」可改為

　　　子供に頼んで行かせる。

　　　子供にお願いして行かせる。

　　　子供に言い聞かせて行かせる。

句中可挾接「表達請求」的語句。但使役對象用「を」表示時，與對方的意志無關，而是片面地決定要對方做該動作之意，所以不挾接表達請求的語句。

d 使役與他動詞之不同

> 人を探す。（找人。）
>
> 人を探させる。（派人去找人。）

　　他動詞係表示自己的動作，自己的行為，而使役表示非自己做該動作，是叫別人做的。而且是使用在可依照別人的命令來行事的對象，所以使役的對象必定是生物。但他動詞的對象（目的語），可以是生物，也可以是無生物。

　　　畑を耕す。（耕地。）

　　　木を倒す。（把樹推倒。）

　　　本を返す。（還書。）

　　　湯を沸かす。（燒開（熱）水。）

　　上例的對象都是無生物，只能使用他動詞。問題是對象是生物，而動詞接「せる」來表示時，如：

　　　子供を泣かせる。（把小孩弄哭。）

　　　子供を困らせる。（為難小孩。）

　　　子供を眠らせる。（哄小孩睡。）

　　這些句的「泣く」「困る」「眠る」的行為，不是自己的動作，而是促使對方做的。但也不是能依對方的意志來做的，不是可命令誰去做，也不是對方可接受誰的命令來做的動作。而是主語片面的影響而做的動作。因此對象是生物，而動詞是無意志動詞如「泣く」「困る」「眠る」等，不能構成使役，上例「泣かせる」「困らせる」「眠らせる」可視為下一段活用的他動詞。

　　　妹は目を輝かせた。（妹妹目光烔烔。）

　　這「輝く」的動作並非接受他人命令而作，而是妹妹自己本身的動作，所以不是使役而是下一段活用的他動詞。再如：

妹の目が輝いた。（妹妹的眼睛烱烱有光。）

這「輝く」的動作並非以自己的意志去做，而是自然發出光輝，是自動詞。而「輝かせた」是表示以自己的意志積極地發出光輝的動作，並非接受別人的命令，所以並非使役。

e 使役的助動詞和其他品詞的區別

△動詞的未然形「さ」和助動詞「させる」的「さ」

- 庭の掃除を<u>さ</u>せる。（叫……打掃院子。）
- 犬を散歩<u>さ</u>せる。（帶狗散步。）

- 窓を閉め<u>さ</u>せる。（叫……關窗。）
- 釣竿を投げ<u>さ</u>せる。（叫……拋釣竿。）

上例的「掃除をさせる」「散歩させる」是サ變動詞「する」的未然形「さ」接「せる」而成。

而「閉めさせる」「投げさせる」的「さ」是助動詞「させる」的「さ」。

△動詞活用語尾的「せる」和助動詞的「せる」

- 本を見せる。（給……看書）
- 洋服を著せる。（給……穿西服）

- 本を見させる。（叫……看書）
- 洋服を着させる。（叫……穿西服）

上例的「見せる」「著せる」是表示使役之意的下一段動詞，而「見させる」「着させる」是上一段活用動詞「見る」「着る」接使役助動詞「させる」而成。「見せる」「着せる」是自己做「見せる」「着せる」的動作，而「見させる」「着させる」是自己不做「見せる」「着せる」的動作。

B 「れる、られる」

表示自發・可能・被動・尊敬之意。

a **表示自發**：即雖然無意那麼做，但自然而然成為那樣之意。以助動詞表示自發，主要是用於「感じる」「思う」「案じる」等知覺動詞。

　　　昔がなつかしくしのばれる。（不禁懷念往昔。）

　　　秋の気配が感じられた。（已感到秋意。）

　　　年末の売り上げが見込まれる。（可預估年底的營業額。）

　　　大勢の人出が予想される。（預料會有很多人外出。）

　　　Ａ選手の活躍が期待される。（Ａ選手可望有好的表現。）

　　　入試の合否が心配される。（很擔心入學考試是否及格。）

　　　子供の頃が思われる。（想起兒時。）

在普通的句子表示動作及於對象的他動詞，接助動詞「れる」「られる」即自動詞化，成為作用自然而然及於對象的自發句。他動詞動作所及之對象用「を」表示，而自發句之對象用「が」表示。如：

　△普通句

　　　わたしは子供の頃を思い出す。（我回憶兒時。）

　　　母は娘の病気を案じた。（母親掛念女兒的病情。）

　△自發句

　　　わたしは子供の頃が思い出される。（我不禁憶起兒時。）

　　　母は娘の病気が案じられた。（母親掛念女兒的病情。）

b **表示可能**：即表示「可以、能夠、會」做該動作之意。如：

　　　最近、外国へ自由に行かれるようになった。

　　　（最近可自由地出國了。）

　　　ぼくは、いつでも朝早く起きられる。

（我經常都可以早起。）

一年中、新鮮な野菜が食べられる。

（整年都可以吃到新鮮的蔬菜。）

表示可能的形態有三種。

△動詞＋ことができる，如：

行くことができる。（可以去。）

見ることができる。（可以看。）

起きることができる。（起得來。）

来ることができる。（能來。）

散歩することができる。（可以散步。）

△用可能動詞，如：

行ける　　見れる（見られる）

起きられる　　来れる（来られる）

△動詞＋助動詞（れる・られる）

五段動詞・サ變動詞＋れる。如：

行く──行かれる

散歩する──散歩される

上一・下一・カ變動詞＋られる。如：

見る──見られる。

起きる──起きられる

来る──来られる

其他也有以動詞本身的形態表示可能的。如：

兄は電気のことがよくわかる。（哥哥很瞭解電氣。）

英語の翻訳ができる。（會翻譯英文。）

現在，五段動詞的可能形一般使用可能動詞如「行ける」「飲め

る」等比使用助動詞「れる」者多，其他動詞使用可能動詞如「見れる」「起きれる」「出れる」「来れる」等也逐漸增加。表示可能的動詞除了使用動詞原來的形態表示的「できる」「わかる」等之外，均由表示動作的意志動詞所構成，表示狀態和作用之無意志動詞無法構成可能形。

　　c 表示被動：即表示某動作與自己無關，而自己本身却接受該動作之意。

　　△直接被動：表示直接接受某動作之意，即原句的目的語改為被動句的主語，只能由他動詞構成。

　　ア原句

　　　母がわたしを叱った。（母親責備我。）

　　　先生がわたしをほめた。（老師誇獎我。）

　　　友達がわたしを撲った。（朋友毆打我。）

　　イ被動句

　　　わたしは母に叱られた。（我被母親責備了。）

　　　わたしは先生にほめられた。（我被老師誇獎了。）

　　　わたしは友達に撲られた。（我被朋友毆打了。）

　　△間接被動：間接受到其他動作的影響之意。原句的目的語不能轉成被動句的主語，有的可由自動詞構成。

　　ア由自動詞構成的被動句

　　　原　　句：父が死んだ（父親去世了。）

　　　　　　　　雨が降った（下雨了。）

　　　被動句：わたしは父に死なれた。（我的父親去世了。）

　　　　　　　　わたしは雨に降られた。（我淋雨了。）

　　「父に死なれる」「雨に降られる」「子供に泣かれる」「女房

に逃げられる」的「死ぬ」「降る」「泣く」「逃げる」都是自動詞。原句並無目的語。這種自動詞的被動形大多是表示困擾的，所以稱為困擾的被動（迷惑の受身）。歐美語言均由他動詞構成被動句，自動詞的被動句無法成立。但日語的被動句係自己本身雖不參與，但由於自然的演變，某種事態也可以成立，因其基於此種自發的基礎，所以自動詞的被動句也可以成立。

イ 他動詞構成的被動句

原　句：泥棒がお金を盗んだ。（小偷偷了錢。）

　　　　子供が石を投げた。（小孩投了石頭。）

　　　　先生が私の作文をほめた。（老師誇獎我的作文。）

　　　　父が兄に用事を頼んだ。（父親委託哥哥辦事。）

被動句：私は泥棒にお金を盗まれた。（我的錢被小偷偷了。）

　　　　ぼくは子供に石を投げられた。（我被小孩投了石頭。）

　　　　私は先生に作文をほめられた。（我的作文被老師誇獎。）

　　　　兄は父に用事を頼まれた。（哥哥被父親委託辦事。）

　　自動詞所構成的被動句大多表示困擾之意，但他動詞所構成的被動句有的有表示困擾之意，有的並不表示困擾。

　　△表示困擾之意者：如；

　　　手をかまれる。（手被咬。）

　　　足を踏まれる。（脚被踩。）

　　　顔をけられる。（臉被踢到。）

　　　骨を折られる。（骨頭被折斷。）

　　　ゴミを捨てられる。（被人丟棄垃圾。）

　　　部屋をのぞかれる。（房間被窺伺。）

　　　持ち物を調べられる。（所帶的東西被調查。）

欠点を探される。（被人找缺點。）

△不表示困擾之意者。如：

仕事をほめられる。（工作被誇獎。）

人を紹介される。（受別人介紹。）

人格を尊敬される。（人格受尊敬。）

針路を相談される。（受別人商量進路。）

前途を祝福される。（前途受祝福。）

命を助けられる。（被救命。）

上列的被動句並未將原句的目的語立為主語，而是另外立主語，原有的目的語仍然是被動句的目的語。

原　句：泥棒がお金を盗んだ。（小偷偷了錢。）

被動句：×お金が泥棒に盗まれた。

　　　　○わたしは泥棒にお金を盗まれた。

　　　　（我的錢被小偷偷了。）

原　句：犬が手をかんだ。（狗咬到了手。）

被動句：×手は犬にかまれた。

　　　　○わたしは犬に手をかまれた。（我的手被狗咬了。）

d 表示尊敬：即對對方表示敬意。

△五段動詞＋れる

先生が海へ行かれる。（老師要去海邊。）

師匠が琴を弾かれる。（師父彈古箏。）

△サ變動詞＋れる

社長が公園を散歩される。（社長在公園散步。）

画伯が景色をスケッチされる。（畫家素描風景。）

△一段動詞＋られる

　課長が書類を見られる。（課長閱讀文件。）

　院長が往診へ出かけられる。（院長出診）。

△カ變動詞＋られる

　先輩が学校へ来られる。（學長要來學校。）

詳細情形請參閱「敬語」章。

C　「たい・たがる」

△たい（形容詞性的接尾語）

如「見たい、聞きたい、知りたい、寝たい、食べたい、来たい」等，可視為一個形容詞。

△たがる（形容詞語幹＋接尾語「がる」）

如：「見たがる、聞きたがる、知りたがる、寝たがる、食べたかる、来たがる」等，是「見たい」等加接尾語「がる」而成，可視為五段動詞。

品　詞	語	語　幹	未然形	連用形	終止形	連体形	仮定形	命令形
形容詞	見たい	見た	かろ	かっ・く	い	い	けれ	○
動　詞	見たがる	見たが	ら	り・っ	る	る	れ	れ

大多數文法書都記述「たい」是表示第一人稱的希望，「たがる」是表示第三人稱的希望。但如：

　君、何か食べたいか。（你想吃點什麼嗎？）

　近頃は、外国へ行きたい人が増えている。

　（最近想出國的人增加了。）

　わたしがお菓子を食べたがると、祖母はすぐ買ってくれる。

（我想吃糕點，祖母就買給我。）

　　わたしは子供の頃、月に行きたがって母を困まらせたものだ。

　　（我小時候，想去月球，讓母親感到為難。）

如上例，有時「たい」用來表示第三者的希望，「たがる」用來表示第一人稱的希望。

　　助動詞係表示說話者的判斷，如：

　　　　彼は行くらしい。（他好像是要去。）

　　　　彼は行くそうだ。（聽說他要去。）

　　　　彼は行くだろう。（他大概要去吧！）

　　　　彼は行くまい。（他大概不去。）

　　　　彼は行った。（他去了。）

　　　　彼は行かなかった。（他沒有去。）

　　　　彼は弟だ。（他是弟弟。）

　　上列句子是「彼は行く」這個事象添加「らしい」「そうだ」「だろう」「た」「なかった」「だ」，表示說話者的判斷之意。再如：

　　　　ぼくが食べたい。（我想吃。）

　　　　君が食べたい。（你想吃。）

　　　　妹が食べたい。（妹妹想吃。）

　　　　ぼくが食べたがる。（我想吃。）

　　　　君が食べたがる。（你想吃。）

　　　　妹が食べたがる。（妹妹想吃。）

　　這些句子在「食べる」這個動作添加「たい」「たがる」，並非表示說話者的判斷，而「食べたい」「食べたがる」成為一個詞，表示主語「ぼく」「君」「妹」的希望。「たい」「たがる」扮演一種接尾語的角色，成為「食べる」的一部分。

「たい」是形容詞，可由「たい」可接各種接尾語清楚地顯示出來。先舉形容詞的語幹接「げ」「さ」「がる」為例。

接「げ」之例：楽しげ　悲しげ　怪しげ　寒げ　可愛いげ
　　　　　　　得意げ　哀れげ

接「さ」之例：楽しさ　悲しさ　怪しさ　寒さ　可愛いさ
　　　　　　　得意さ　哀れさ

接「がる」之例：楽しがる　悲しがる　怪しがる　寒がる
　　　　　　　　可愛いがる　得意がる　哀れがる

其次再舉動詞接「たい」再接「げ」「さ」「がる」之例如下：

行きたげ　　行きたさ　　行さたがる
書きたげ　　書きたさ　　書さたがる
聞きたげ　　聞きたさ　　聞さたがる
話したげ　　話したさ　　話したがる
会いたげ　　会いたさ　　会いたがる

「行きたい」「書きたい」「聞きたい」等可視為一個形容詞，而上例可視為該形容詞的語幹加接尾語「げ」「さ」「がる」而成。動詞接形容詞幹「た」再接接尾語「げ」「さ」「がる」可視為與其他形容詞相同的形態。

再接表示樣態的「そうだ」，如：

近そうだ　　軽そうだ　　泳ぎたそうだ
忙しそうだ　言いたそうだ　帰りたそうだ
親しそうだ　話したそうだ　会いたそうだ
深そうだ　　寒そうだ　　読みたそうだ

形容詞接「そうだ」時，「そうだ」是接在形容詞的語幹。「泳ぎたい」「読みたい」等若視為一個形容詞，則「そうだ」亦連接在它的語幹，與其他形容詞的性質相同。

再接表示否定的「ない」，如：

　会いたくない　　読みたくない

其間亦可挾接「は」「も」而成為

　会いたくはない　　読みたくもない

與其他形容詞接「ない」可挾接「は」「も」的情況相同。如：

　嬉しくない　　　若くない

　嬉しくはない　　若くはない

可見「会いたい」「読みたい」具有形容詞的性質。

再如「水が飲みたい」「水を飲みたい」，格助詞表示對象時，「が」表示對象的情況有三：

(1)「が」的後面是狀態性的動詞（主要為表示可能的動詞），如：

　英語が話せる　　　字が書ける

　音が聞こえる　　　山が見える

　文法がわかる

(2)「が」的後面是形容詞，如：

　犯人が憎い　　　　本が欲しい

　海が好きだ　　　　天気が心配だ

　映画が見たい

(3)「が」表示自發的對象，如：

　昔がしのばれる　　人出が予想される

　秋の気配が感じられる

　子供の病気が案じられる

從以上的用例，可看出「が」表示對象時可分為三種，「水が飲みたい」與「水が欲しい」同屬於表示心理的狀態，屬於(2)的用法表示形容詞的對象。因此從表示對象之「が」的用法來看，「たい」是形容詞的語尾，「会いたい」「読みたい」可視為一個形容詞。

「〜たい」是一種需求（願望），是意志性的，所以無意志的物理作用、狀態動詞無法接「たい」構成形容詞。表示可能的動詞含有「〜することができる」之意，所以這些動詞也不能接「たい」構成形容詞。如此，若「会いたい」「読みたい」「見たい」視為一個形容詞，則「たい」在句中不論第一人稱、第二人稱、第三人稱均可使用。可見「たい」並不是表示説話者的判斷。也就是説，「たい」不是助動詞，是形容詞語幹的一部分，表示心理的狀態，「たい」與動詞構成一個複合形容詞。如上述「会いたい」「読みたい」「見たい」等均可視為一個複合形容詞。

　　〔注意〕

　　形容詞的語幹與接尾語之間有時可加入助動詞。如「読まされたい」「頼まれたい」只能接使役和被動的助動詞。使役和被動的助動詞與表示説話者之判斷的其他助動詞不同，是屬於事態之屬性者，具有接尾語的性質。因此使役和被動之助動詞必定接在動詞，不能承接其他助動詞。或許因為這個縁故，動詞加上接尾語而成狀態的形容詞，可在動詞與形容詞之間挾接使役和被動的助動詞。如：

　　　　こわれる＋やすい──こわれやすい──こわされやすい

　　　　許す＋がたい──許しがたい──許されがたい

　　動詞接接尾語「やすい」「にくい」「がたい」而成為形容詞時，動詞與接尾語之間可介入使役和被動助動詞。

　　「がる」在形容詞之中，大多接在表示感覺・感情的形容詞。如：

　　　　寒がる　　暑がる　　痛がる　　面白がる

　　　　寂しがる　　嬉しがる　　忙しがる　　悲しがる

　　接尾語「がる」接在表示人之意志或感情・感覺之形容詞，由狀態性改變成動作性，具有動詞的功能。

　　　　ぼくは星を見たい。（我想看星星。）

妹はお菓子を食べたい。（妹妹想吃糕點。）

這「見たい」「食べたい」是表示心中的狀態。

ぼくが星を見たがる。（我想看星星。）

妹がお菓子を食べたがる。（妹妹想吃糕點。）

這是指希望・希求的心情或樣子形諸於外。「たい」是表示心理的狀態，所以在句末一般用於第一人稱。如：

ぼくは映画が見たい。（我想看電影。）

詢問對方之心情的疑問句或詢問句，也可使用於第三者（第二人稱），如：

きみ、凧揚げをしたいか。（你想放風箏嗎？）

在條件句，連體修飾句，引用句也可使用於第三者。

あなたが動物園へ行きたいなら、私も一緒に参ります。

（如果你想去動物園，我也一起去。）

弟が野球のバットを買いたい様子を見て、父が買って上げた。

（父親看到弟弟想買棒球棒的樣子就買給他了。）

兄は会社を辞めたいと言い出した。

（哥哥説他想辭去公司之職。）

相對的，「がる」在句末大多表示第三者的希望，而在句中也可用於第一人稱。

姉は早く結婚したがっている。（姉姉想早一點結婚。）

妹は早く家に帰りたがる。（妹妹想早一點回家。）

ぼくが銃を撃ちたがると、みんながこわがった。

（我想開槍，大家就覺得害怕。）

（參閱至文堂「解釈と鑑賞」1989 年 4 月號）

〔8〕接尾語

　　為了說明助動詞和接尾語的區別，在助動詞之後，接著說明接尾語。

　　助動詞和接尾語都不能單獨使用，要接在其他品詞，才能發揮其功能。但助動詞並非與所承接之詞構成一體，以示說話的內容，而是在句末表示說話者的判斷。相反地，接尾語是屬於詞的素材，而非表示說話者的判斷。例如說：

　　　　あしたは晴れるらしい。（明天好像會放晴。）

這個「らしい」是表示說話者對「あしたは晴れる」這個狀態的判斷（推量判斷）。亦即，這個句子可以下面形式來表示。

あしたは晴れる	らしい

　　這個「らしい」是助動詞。相反地，例如說：

　　　　彼女は世帯じみている。（她好像已成家。）

這個「じみる」與「世帯」合成一語，而成「世帯じみる」當動詞使用。不能以下面形式來表示。

× | 彼女は世帯 | じみている | 。

「じみる」並非表示說話者的判斷。它是接尾語。

　　助動詞雖接在其他品詞之下，但並無改變該品詞之性質的能力，而接尾語附在其他品詞之下，具有構成新品詞的能力。這就是助動詞和接尾語不同之處。例如形容詞「寒い」「忙しい」接上接尾語「さ」時，即變成名詞「寒さ」「忙しさ」。

①無活用的接尾語：如

沈みがち（容易沉）　　　　　忘れがち（經常忘，健忘）

泥だらけ（滿身泥巴）　　　　傷だらけ（傷痕累累）

高さ（高度）　　　　　　　　美しさ（美麗）

青み（綠色）　　　　　　　　新鮮み（新鮮感）

塩け（鹹味）　　　　　　　　湿りけ（濕氣）

にらめっこ（扮鬼臉）　　　　鬼ごっこ（捉迷藏）

お笑いぐさ（笑柄）　　　　　語りぐさ（話柄）

身ぐるみ（全身）　　　　　　家族ぐるみ（全家人）

長め（稍長）　　　　　　　　控えめ（節制）

ぼくたち（我們）　　　　　　子供ら（孩子們）

皆さん（各位）　　　　　　　ご苦労さま（辛苦了）

保護者殿（保護者）　　　　　弁護士（律師）

②有活用的接尾語：

(A)　動詞活用者

a〔がる〕：表示樣子或心情（感覺）形之於外。

寒がる（怕冷）　　　　　　　痛がる（感覺痛）

嬉しがる（覺得高興）　　　　忙しがる（覺得忙）。

嫌がる（討厭）　　　　　　　哀れがる（覺得可憐）

得意がる（得意）

b〔じみる〕：表示樣子或狀態顯現之意。

世帯じみる（像有家眷）　　　子供じみる（像小孩似的）

気違いじみる（像瘋子似的）

c〔だつ〕：表示動作・狀態強烈表現於外。

殺気だつ（殺氣騰騰）　　　　目立つ（醒目）

際立つ（顯眼）　　　　　　　栗だつ（起鷄皮疙瘩）

d〔ばむ〕：表示帶有那種樣子。

汗ばむ（微微出汗）　　　　　黄ばむ（帶黄色）

青ばむ（發綠色）　　　　　　気色ばむ（喜形於色）

e〔ぶる〕：表示好像故意裝成那個樣子。

上品ぶる（假裝文雅）　　　　学者ぶる（擺學者的架子）

偉ぶる（妄自尊大）　　　　　もったいぶる（裝模作樣）

f〔めく〕：表示變成好像那個樣子。

春めく（有春意）　　　　　　色めく（活躍起來）

なまめく（顯得嬌媚）　　　　よろめく（陷入迷陣）

g〔びる〕：表示帶有……狀態之意。

大人びる（像大人模樣）　　　田舎びる（有鄉村風味）

古びる（變舊）　　　　　　　ひなびる（帶鄉土氣）

h〔ぐむ〕：表示内含……之狀態。

涙ぐむ（含涙）　　　　　　　芽ぐむ（發芽）

角ぐむ（〔像長角似的〕發芽）

(B)　形容詞活用者

a〔っぽい〕：表示有某種傾向。

子供っぽい（孩子氣）　　　　安っぽい（不值錢的）

憐れっぽい（可憐兮兮的）　　怒りっぽい（好發脾氣）

きざっぽい（有些裝腔作勢）

b〔らしい〕：表示具有…特質，有……樣子。

女らしい（像個女人）　　　　子供らしい（像小孩）

学者らしい（像個學者）　　　かわいらしい（討人喜歡）

憎らしい（討厭）　　　　　　馬鹿らしい（無聊）

c〔やすい〕：表示常常、容易之意。

　飲みやすい（容易喝）　　　　食べやすい（容易吃）

　使いやすい（好用）

d〔にくい〕：表示困難之意。

　読みにくい（難讀）　　　　頼みにくい（不容易拜託）

　育てにくい（不好培養）

e〔がましい〕：表示有……傾向。

　押しつけがましい（強迫似的）

　さしでがましい（多管閒事）

　晴れがましい（盛大）

f〔がたい〕：表示困難之意。

　耐えがたい（難以忍耐）　　　許しがたい（難以原諒）

　動かしがたい（難以動搖）

g〔づらい〕：表示不容易之意。

　歩きづらい（行動不便）　　書きづらい（難書）

　見づらい（看不下去）　　　着づらい（不好穿）

h〔っこい〕：表示……性質或狀態的程度很高。

　しつっこい（執拗）　　　ねばっこい（糾纏不休）

　油っこい（油膩）

〔9〕連體詞

以修飾體言為主要功能的品詞，稱為連體詞。

①連體詞的種類

a 「～の」「～が」的形態，如：

　　この本（這本書）　　　　　その花（那朵花）

　　あの山（那座山）　　　　　どの道（哪條路？）

　　ほんの少し（僅少許）　　　わが国（我國）

　　わが家（我家）

b 「～る」的形態，如：

　　ある日（某一天）　　　　　あらゆる国（所有的國家）

　　さる人（某人）　　　　　　来たる年（來年）

　　いかなる方法（任何方法）

c 「～な」的形態，如：

　　大きな木（大樹）　　　　　おかしな時計（不正常的鐘）

　　小さな家（小房子）

d 「～た」「～だ」的形態，如：

　　たった数匹（僅數隻）　　　とんだ失礼（嚴重的失敬）

　　たいした問題（驚人的問題）

②連體詞的問題

a 「こういう、そういう、ああいう、どういう、こうした、そうした、ああした、どうした」

　　這些詞只能修飾體言，是連體詞。

　　こういう話（這種事）　　　そういう内容（那種内容）

ああいう態度（那種態度）

どういう気持（什麼樣的心情）

こうした出来事（這種事件）　　そうした問題（那種問題）

ああした具合（那種情況）　　どうした事（哪種事？）

b「こんなだ、そんなだ、あんなだ、どんなだ」

這些詞有人視為連體詞，但它與其他連體詞不同，可以改成「こんなだ」「こんなだった」「こんなで」「こんなに」「こんなこと」等各種形態，與ナ形容詞的活用相同，所以可視為ナ形容詞。

c「大きな」「小さな」「おかしな」這些詞大多數的文法書都當做連體詞，本書也在此說明，但似乎視為形容詞較妥。因為它與形容詞的連體形用法完全相同。如：

$\begin{cases} 大きな家（大房子）\\ 大きい家 \end{cases}$　　$\begin{cases} 小さな鳥（小鳥）\\ 小さい鳥 \end{cases}$

$\begin{cases} おかしな絵（可笑的畫）\\ おかしい絵。\end{cases}$

亦即它具有形容詞本來的意義，可視為同義之「大きい」「小さい」「おかしい」的連體形。

「いわゆる」「あらゆる」的「ゆ」在古代是具有自發・可能・被動之意的助動詞。「この」「その」「あの」「どの」的「こ」「そ」「あ」「ど」也都是各自獨立的名詞，如：

こは何事ぞ。（這是怎麼回事？）

こはそもいかに。（這怎麼樣呢？）

其代名詞性質的「こ」等接「の」而成「この」「その」「あの」「どの」各自成為一個詞來使用，因其緊密度高，「こ」「そ」「あ」

單獨使用的用法就喪失了。因此現代都把「いわゆる」「あらゆる」「この」「その」等當做一個詞，不再加以分解。而「大きな」「小さな」「おかしな」與其他連體詞不同，它保留形容詞原有的意義，似將其視為形容詞連體形的特殊形較妥。

〔10〕副詞

主要用以修飾用言，沒有活用。

(1) 副詞的種類和用法

A　情態副詞：主要修飾動詞，將該動作・作用的狀態做詳細的
說明。

△表示狀態：

たがいに励ます。（互相勉勵。）

はっきりと見える。（可看得清楚。）

ずっと休んでいる。（一直休息著。）

堂々と話す。（堂堂地說。）

整然と並ぶ。（排列整齊。）

△表示時間

たちまち雨が止んだ。（雨突然停了。）

じきに帰る。（立刻回去。）

とうとう夜が明けた。（終於天亮了。）

しばらく待った。（等了一會兒。）

さっそく読んだ。（趕緊讀了。）

△擬態・擬聲副詞（表示狀態）

ほろほろと鳴く。（啾啾地啼叫。）

ゆらゆらと揺れる。（搖搖晃晃地搖動。）

いそいそ働く。（高高興興地工作。）

チュンチュンさえずる。（吱吱喳喳地叫。）

ゴロゴロ鳴る。（嚦嚦地響。）

△表示指示（コソアド）

こう書く。（這樣寫。）

そう言う。（那樣說。）

ああする。（那麼做。）

どう泳ぐ。（怎麼游。）

B　程度副詞：主要是修飾形容詞，限定該狀態之程度。有時也修飾動詞，或修飾表示時間、數量、方向等之特殊體言。

△修飾形容詞

すこし暑い。（有點熱。）

とても静かだ。（非常安靜。）

非常に明るい。（非常亮。）

たいへん親切だ。（非常親切。）

だいぶ元気になった。（有精神多了。）

△修飾動詞

ますます増える。（日益增加。）

めっきりおとろえる。（顯著地衰老。）

かなりできた。（做得相當好了。）

△修飾副詞

もっとゆっくり。（再慢一點。）

ひどくぼんやりしている。（非常模糊。）

いくぶんはっきり見えた。（可看清楚一點了。）

△修飾體言

ずっと昔のことだ。（很久以前的事。）

もっと右へ歩きなさい。（請再向右邊走一點。）

もう一週間先にして下さい。（請再延一個星期。）

有時也接「の」再修飾體言。

かなりの人出。（外出的人很多。）

しばらくの間。（暫時。）

かねての約束。（原先的約定。）

C　敘述（陳述）副詞：在副詞之中，有的副詞在習慣用法上其承受的詞是一定的，兩者相呼應而完成一個句子。如：

あしたはたぶん雨だろう。（明天可能會下雨。）

這個「たぶん」的副詞，在句末一定要用「だろう」「でしょう」等表示推量的詞。再如「決して」，句末一定用「ない」等表示否定的詞，「まるで」要用比況的「～のようだ」，這種副詞稱為敘述或陳述的副詞。這陳述副詞與所承受的詞的關係，稱為副詞的呼應（副詞的對應）。

△表示肯定（斷定）。

あしたはきっと晴れる。（明天一定會放晴。）

必ず五時に起きる。（一定在五點起床。）

△表示否定。

決して捨てない。（決不丟棄。）

断じて許さない。（決不原諒。）

一向に構いません。（完全不管。）

△表示禁止。

決して忘れるな。（決不可忘掉。）

きっと言うな。（決不可以說。）

絶対負けるな。（絕對不可以輸。）

△表示否定推量。

まさかそんなことはしないだろう。（不會做那種事吧！）

よもや死にはしないでしょう。（不至於死吧！）

△表示推量。

あしたはたぶん晴れるだろう。（明天大概會放晴吧！）

おそらく帰らないでしょう。（大概不回去吧！）

さぞお疲れでしょう。（想必累了吧！）

△表示疑問。

どうして働かないのですか。（為什麼不工作呢？）

なぜ笑わないのか。（為什麼不笑呢？）

△表示假定。

たとえ（たとい）雨が降っても参ります。

　（即使下雨也要去。）

もし休むようなら連絡します。（如果要休息，就連絡。）

△表示比況。

まるで夢のようだ。（簡直像做夢一般。）

桜の散るようすはちょうど雪みたいだ。

　（櫻花凋謝的情況簡直像下雪一般。）

△表示願望。

ぜひ遊びに来て下さい。（務請來玩。）

どうか許して下さい。（請原諒。）

どうぞ召し上がって下さい。（請吃吧！）

D　副詞的特殊用法

副詞有時可接助動詞當述語用。

目的地まではもうちょっとだ。（就快到目的地了。）

ベルが鳴ることしきりである。（鈴聲頻繁地響。）

夕飯はもうしぎだ。（馬上就要吃晚飯了。）

ずいぶんしばらくですね。（好久不見了。）

調子はどうですか。（情況怎麼？）

(2) 副詞的位置

　　副詞普通位於被修飾語之前，但有時副詞與被修飾語之間也插入幾個詞。如：

やがて暖かい春が来る。（暖和的春天即將來臨。）

ぐっと涙がこみあげてきた。（眼淚汪汪地流下來。）

(3) 副詞和其他品詞的區別

A　副詞和名詞

△名詞

あした伺います。（明天去拜訪。）

いま飲んだ。（現在喝了。）

夕方、雨が降った。（傍晚下雨了。）

△副詞

すぐ伺います。（馬上去拜訪。）

さっそく飲んだ。（趕緊喝了。）

とうとう雨が降った。（終於下雨了。）

「あした」「いま」「夕方」は可以當主語用，是名詞。如：

あしたは晴れるだろう。（明天會放晴吧！）

いまが食べごろです。（現在正是好吃的時候。）

夕方はうす暗い。（傍晚時分天色微暗。）

但「さっそく」「とうとう」「すぐ」不能說成「さっそくは」「と

うとうは」「すぐは」來當主語用，是副詞。

B 副詞和形容詞的連用形
△副詞

　しばらく休む。（暫時休息。）

　全く驚いた。（眞嚇壞了。）

　ただちに出発する。（立刻出發。）

△イ形容詞、ナ形容詞

　早く起きる。（早起。）

　美しく咲く。（開得很美。）

　静かに眠る。（安靜地睡。）

「早く」「美しく」「静かに」可以改説成其他的形態如「早い」「美しければ」「静かな」。但「しばらく」「全く」「ただちに」沒有其他的形態。也就是説有活用的是形容詞，沒有活用的是副詞。

C 「～の」的連體修飾語
△名詞＋の

　桜の花（櫻花）。　　　　　　山の上（山上）。

　窓の外（窗外）。　　　　　　母の声（母親的聲音）。

△連體詞

　この人（這個人）。　　　　　その店（那家商店）。

　あの町（那個城市）。　　　　どの道（哪條路？）。

△副詞

　かねての約束（原先的約定）。

　さっそくの注文（儘快訂購）。

しばらくの間（暫時之間）。

　　かなりの無理（相當勉強）。

　名詞可以當主語，連體詞只能修飾名詞，副詞不能當主語，但可修飾用言。以其功能來區分品詞。「かねての」「しばらくの」的「の」是助詞。

　「副詞＋の」的例子。

　　あいにくの雨（下得不是時候的雨）。

　　せっかくの苦心（煞費苦心〔的努力〕）。

　　そっくりの顔（一模一樣的臉形）。

　　たちまちの売れゆき（立即銷售一空）。

　　たくさんの仕事（很多的工作）。

　　ずいぶんの人出（相當多的人群）。

D　助詞的「と」和副詞的「と」

△助詞的「と」

　　みんなと遊ぶ。（與大家一起玩。）

　　先生と相談する。（跟老師商量。）

　　娘と出かける。（與女兒一起出去。）

　　熊と対決する。（跟熊對決。）

△副詞的「と」

　　ぽたぽたと落ちる。（劈劈拍拍地落下。）

　　しみじみと話す。（懇切地講。）

　　くるくると回る。（不斷地旋轉。）

　　からっと晴れた日。（豁然放晴的日子。）

助詞的「と」是表示「跟誰玩」「跟誰商量」之類的動作對象，

而副詞的「と」是說明「如何掉落」「如何說話」之類的動作狀態。「ぽたぽたと」「しみじみと」整個詞是副詞。

E　副詞與形容詞同形

△形容詞的「よく」

漢字<ruby>漢字<rt>かんじ</rt></ruby>がよく書ける。（漢字能寫得很好。）

顔もよく性質<rt>せいしつ</rt>もよい。（長得美，個性也好。）

勉強がよくできる。（書唸得很好。）

色がよく似合<rt>にあ</rt>う。（顏色很合適。）

よく晴れた朝。（天氣晴朗的早上。）

△副詞的「よく」

雨がよく降る。（常常下雨。）

弟はよく遊ぶ。（弟弟好玩。）

よく出かける。（常常外出。）

よく食べる。（常常吃，吃得多。）

よく寝る。（睡得多。）

「よく」在「よい、悪い（好壞）」相對意義上使用時是形容詞（「よく」是「よい」的連用形）。而當做「〜することが非常に多い（……非常多）「〜の傾向が強い（有……的強烈傾向）」「何度も、たびたび（常常、經常）」之意來使用時是副詞。

F　副詞和接續詞同形

△副詞

また来て下さい。（請再來。）

昨日雨だったのに、今日もまた雨が降る。

（昨天下雨，今天又下雨。）

あしたはあるいは雪かもしれません。

（明天或許會下雪。）

君の言いたいことはつまりこういうことか。

（你想説的就是這種事？）

△接續詞

山また山を登る。（攀登一山又一山。）

彼は医者であり、また小説家でもある。

（他是醫生，又是小説家。）

日本料理あるいは中国料理を食べに行こう。

（去吃日本料理或中國料理吧！）

桃の節句つまり 3 月 3 日は母の誕生日です。

（女童節即 3 月 3 日是母親的生日。）

　　副詞和接續詞有時非常難以區分。如果勉強區分的話，可以説副詞是修飾後面的用言（少數可修飾體言），而接續詞是承接前後的詞或句。

⑷　擬態詞和擬聲詞

　　擬聲詞係依據所聽到的物体響聲、動物的叫聲等自然聲音的印象，以類似的語言聲音表現出來的詞如風鈴的聲音用「リーンリーン」（叮噹），敲門的聲音用「トントン（咚咚），貓的叫聲用「ニャアニャァ（喵喵）」來表示。擬態詞是由事物的狀態所得的印象和由語言的聲音所得的印象，將其共通面結合起來。例如慢慢地走的狀態説成「のそのそ歩く」，很快地走説成「さっさと歩く」，心情很急地走説成「せかせか歩く」，心情很平靜輕鬆地走説成「ゆうゆうと歩

く」等。即把從感覺器官所得的印象，選出語言中類似的聲音來表現的詞。再如表示「降る」時，不考慮使用表示各種不同下雨方式的動詞，而將自然所得的印象，從感覺上來掌握而說成「しとしと降る（淅瀝淅瀝地下）」「ざあざあ降る（嘩啦嘩啦地下）」「ぼつぼつ降る（稀稀落落地下）」「じめじめ降る（濕漉漉地下）」等以示區別。現在小孩子數東西時，數狗時說「ワンワン（汪汪）」，數貓時說「ニャンニャン（喵喵）」，把雷說成「ゴロゴロさま」，火車說成「汽車ポッポ」等都是由自然的聲音所得的印象以名詞表達者。由劍和劍相接觸時的聲音，而造出「チャンと」一詞，由「チャンと切る」而使用現代的「丁度」一詞，可充分表現日本人以感覺掌握事物而造詞的情形。

日語像這樣地並非抽象地理解事物，而是把大自然所給與的，得自大自然的感覺，以言語表達出來。因此日語中，得自大自然的印象與類似之語音結合而成的擬聲詞和擬態詞相當多。

這些擬聲詞和擬態詞依語音的母音和子音，以及清音和濁音的不同，而有微妙的差異。例如「カンカン、キンキン、コンコン」，K音可以表示金屬的聲音，但同樣使用K音，若與ア的母音組合則表示響亮而大的聲音，與イ的音組合，則表示尖銳的聲音，而與オ的音組合則表示深沉的聲音。再變成濁音「ガンガン、ギンギン、ゴンゴン」時，則表示煩人的強烈響聲。S音如「サラサラ、スルスル、ソヨソヨ」表示舒爽溫柔的感覺，N音如「ネバネバ、ヌルヌル、ネチネチ」表示拖拉、不清脆的感覺，「のっそり」「のろのろ」「ぬうっと」「のたりのたり」等是表示動作緩慢的狀態。再如エ段的音如「デレデレ」「ヘラヘラ」「ゲラゲラ」「ペチャペチャ」「ペタンペタン」等表示沒有品味的聲音。

擬聲詞和擬態詞在傳統的造詞方式是以同音重複為主，如「かさかさ」「くりくり」「ごとんごとん」等。但最近也許是因為要追求新奇，給與強烈印象，如「びしびしと鍛える（嚴加訓練）」說成「びしばしと鍛える」，「花がひらひらと散る（落花繽紛）」說成「ひらっちょと散る」等，不重複同音的擬態詞，不斷地創造出來。

　　グビリと喉を鳴らす。（喉嚨發出咕嚕咕嚕的聲音）。
　　ギクリと振り向く。（嚇一跳地回過頭。）
　　ダッと逃げる。（一溜烟地逃走。）
　　ダッと走る。（飛快地跑。）
　　バシーンとぶっとばす。（狠狠地打一頓。）
　　ズキューンと屁の出る予告がする。（有陣陣放屁的感覺。）

擬態詞的詞尾

擬聲詞、擬態詞之中，有詞尾「と」或「に」的相當多。如：

　　{ びりびりと破く。（克嚓克嚓地撕破。）
　　{ びりびりに破く。（撕得粉碎。）

其用法各有不同。

ａ 詞尾「と」

△擬聲詞普通用「と」

　　葉がかさかさと音を立てる。（樹葉沙沙作響。）
　　笛をぴいぴいと吹く。（嗶嗶地吹笛子。）
　　小鳥がぴよぴよと鳴く。（小鳥啾啾地叫。）
　　子供がえんえんと泣く。（小孩子哇哇地哭。）
　　ベルがりんりんと鳴る。（鈴聲叮叮地響。）

△表示自然現象或人的動作的用「と」。

　　雪がちらちらと降る。（雪霏霏地下。）

葉がひらひらと舞う。（樹葉飄舞。）

うろうろと歩く。（轉來轉去地走。）

するすると登る。（輕快地攀登。）

こっこっと叩く。（喀喀地敲打。）

詞尾是「と」的擬態（聲）詞係表示以人的眼睛、耳朵等感覺器官掌握動作的過程，因此大多可接「する」，以「～する」的形態構成動詞。如：

かさかさとした手。（乾巴巴的手。）

うきうきとする。（興高采烈。）

b 詞尾「に」

由於加入動作或作用而産生的狀態用「～に」的形態表達

かちかちに氷る。（冰結得很硬。）

かさかさに乾く。（曬得很乾。）

ぴかぴかに磨く。（磨得很亮。）

△詞尾「と」和詞尾「に」的比較

「びりびりと破く（克嗤克嗤地撕破）」，這是掌握正在撕紙的情況，而「びりびりに破く（撕得粉碎）」是將重點放在已經撕破的狀態。「ごちゃごちゃと書く（亂七八糟地寫）」表示未整理思考的過程，把所想到的原原本本地寫下。而「ごちゃごちゃに書く（寫得亂七八糟）」表示寫在紙上的文字排列不整齊的狀態。「ぎゅうぎゅうと詰める（緊緊地裝）」是表示用力裝的動作狀態。而「ぎゅうぎゅうに詰める（裝得滿滿地）」是表示盒子或容器之中裝滿的狀態。「ぴかぴかと光る（閃閃地發光）」表示螢火蟲、閃電、星星等現在正發光的狀態。而「ぴかぴかに光る（光亮亮）」表示已成光溜溜狀態的地板、玻璃、或禿頭等發光的狀態。

〔11〕接續詞

接續詞的主要功能是連結前後兩個詞或兩個句。

(1) 接續的方法

△連接兩個有意義的詞

ペンまたは鉛筆で書いてください。

（請用鋼筆或鉛筆寫。）

小中學生ならびに高校生向けのドラマが放映される。

（放映適合中小學生及高中生觀看的戲劇。）

△連接兩個節

雨は降るし、しかも風が強い。（下雨而且風很大。）

東京へ行き、それから横浜へ行った。

（去東京然後去了横濱。）

△連接兩個句

コーヒーを飲みますか。それとも紅茶にしますか。

（要喝咖啡，還是要紅茶？）

東京は便利で住みやすい。しかし物価が高い。

（東京很方便適合居住。但物價很貴。）

風が強い。その上、雨も降りました。

（風很強。而且又下雨了。）

(2) 從意義上分類

a 表示並列者，如：

そして　および　それに　並びに　さらに　なお　それから
また
b 表示添加者，如：
また　それに　その上　しかも　おまけに　そうして
それから
c 表示選擇者，如：
あるいは　または　もしくは　それとも
d 表示補足者，如：
さて　では　ときに　なぜなら　ただし　もっとも　だって
なんとなれば
e 表示順態接續者，如：
したがって　すると　それで　だから　ゆえに　それゆえ
そこで　ですから　そうすると　よって
f 表示逆態接續者，如：
が　けれど　しかし　ところが　でも　ただし　それでも
それなのに　しかしながら　だけど　だが
g 表示説明者，如：
すなわち　つまり　要するに　例えば　けっきょく
いわゆる
h 表示轉換者，如：
ところで　さて　もっとも　では　ときには　なお
それはさておき
〔注意〕有的接續詞有時跨二個意義。例如「また」用於並列也
　　　　用於添加。

(3) 接續詞的特徵

接續詞原本是不存在的品詞，由於句子逐漸複雜且多樣化，各種接續詞乃逐漸發達。因此，由兩個以上的詞所構成的接續詞甚多。從詞源或造詞法看接續詞，有許多是以「ソ」系統的指示語承接上文所成的接續詞，如：

そして　それから　そのうえ　それに　それとも　そこで
それゆえ　そうすると　それなのに　それだから　それはさ
ておき

再如：

だが　だから　だとすると　でも　だって　ですから
だけど

等係重複前文的斷定語氣而成為接續成分，而成為構成順接・逆接的條件句的接續詞。這些接續詞依其位相或文体而分別使用，以致日語的接續詞數量繁多。如：

だから（常体）。

ですから（敬体）。

でございまから（最敬体）。

有的接續詞有二個意義，如「また」用在並列，亦用在添加。「しかし」並非一定用在承接前文，以示逆接。也有用在句前，將前文全部省略的用法，如：

しかし、近頃は昼間も電車が混みますね。

（近來，在白天電車也很擁擠。）

這個句子可視為省略前文「昔は昼間は電車は混まなかった」，「しかし」的意義有時已接近「全く」的意義。

日語的接續詞甚至可接助詞、助動詞而當做一個句來使用。也是

它的特徵之一。如：

　　　それでね。（後來嘛。）

　　　それでだなあ。（後來嘛。）

　　　だからさ。（所以嘛。）

　　　だからですよ。（所以嘛。）

　　　しかしだ。（不過嘛。）

　　　しかしだよ。（不過嘛。）

(4)　接續詞和其他品詞的區別

a 接續詞和接續助詞

△接續詞

　　外は暑い。が、家の中は涼しい。

　　（外面很熱，不過，屋子裏很涼爽。）

　　雨だ。けれど出かける。（下雨了，但還是要出去。）

　　家に帰り着いた。と急に雨が降ってきた。

　　（回到家了，就突然下起雨來了。）

△接續助詞

　　外は暑いが、家の中は涼しい。

　　（外面雖然熱，但屋子裏很涼爽。）

　　雨だけれど、出かける。（雖然下雨，還是要出去。）

　　家に帰り着くと、急に雨が降ってきた。

　　（一回到家裏就下起雨來了。）

b 接續詞和代名詞＋助詞

△接續詞

　　講演が終わった。そこで、さっそく質問した。

（演講結束了，於是就提出了問題。）

熱が出た。<u>それで</u>、学校を休んだ。

（發燒了，因此，沒有去上學。）

△代名詞＋助詞

川原へ行った。<u>そこで</u>花火をした。

（去河邊，在那裏施放焰火。）

赤いペン、<u>それで</u>記入して下さい。（請用紅筆填寫。）

c 接續詞和動詞＋助詞

△接續詞

本屋へ行き、<u>ついで</u>図書館へも行った。

（去書店，接著也去圖書館。）

魚を焼き始めた。<u>すると</u>、どこからか蠅が飛んできた。

（開始烤魚，於是不知從那裏飛來了蒼蠅。）

日本には四季がある。<u>したがって</u>、あいさつの言葉も時候に
関するものが多い。（日本四季分明，因此有關季節性的問候
　語也多。）

△動詞＋助詞

四国は九州に<u>ついで</u>台風上陸の回数が多い。

（四國地方颱風登陸的次數多，僅次於九州。）

毎朝、ラジオ体操を<u>すると</u>健康によい。

（如果每天早上做無線電健康操，則有益於健康。）

先輩に<u>したがって</u>行動する。

（跟隨前輩行動。）

〔12〕感動詞（感嘆詞）

感動詞不能當做主語、述語或修飾語用，常以一個詞當獨立句使用。

(1) 感動詞的分類

a 表示感嘆。如：

まあ、うれしい。（哇！好高興！）

あっ、あぶない。（啊！危險！）

おお、寒い。（噢！好冷！）

おや、誰かな。（哎！是誰呀！）

あら、すてき。（啊！好棒！）

ああ、いやだな。（啊！討厭！）

b 表示呼籲。

おうい！待ってくれ。（喂！等一等。）

さあ！帰ろう。（那，回去吧！）

やあ、しばらく。（哎呀！好久不見了。）

c 表示應答。

はい、わかりました。（是！我知道了。）

いいえ、知りません。（不，我不知道。）

うん、待ってるよ。（嗯！我在等你。）

d 表示招呼。

おはようございます。（您早！早安。）

こんにちは。（您好！午安。）

いただきます。（敬領了。）

行っていらっしゃい。（慢走！）

お帰りなさい。（您回來了。）

お休みなさい。（晩安。）

(2) 感動詞和其他品詞的區別

a 感動詞和代名詞

△感動詞

これ、何をしてる。（喂！你在做什麼！）

それ、行け。（喂！你走！）

あれ、鈴虫だ。（哎呀！是鈴蟲！）

どれ、始めるとしよう。（噯！開始吧！）

△代名詞

これは本です。（這是書。）

それは楽器ですか。（那是樂器嗎？）

あれが日本丸です。（那是日本輪。）

どれが北極星ですか。（哪一顆是北極星呢？）

以上的感動詞是由代名詞轉化而成。

b 感動詞和表示感動的終助詞

△感動詞

ねえ、本、買って。（喂！買書呀！）

よう、野球しないか。（喂！打棒球好嗎？）

なあ、頼むよ。（喂！就拜託你啦！）

さ、行こう。（喂！走吧！）

△終助詞

　　本当だ<u>ねえ</u>。（眞的呀！）

　　痛い<u>よう</u>。（好痛哦！）

　　きれいだ<u>なあ</u>。（好漂亮呀！）

　　どうでもいい<u>さ</u>。（怎麼樣都可以！）

(3)　打招呼

　　「おはようございます」「お休みなさい」是含有「ございます」「なさる」的敬語，但現在已成慣用語，目前仍在使用。

　　「こんにちは」是「今日はいいお天気ですね」（今天天氣不錯呀！），「こんばんは」是「今夜はいい月ですね（今夜月亮很美）」，「さようなら」是「左様ならば失礼つかまつる（那樣的話，我就告辭了）」，省略了後句所形成的。最近有許多人用「じゃねえ（再見）」，「じゃあ又（再見）」來表示道別。與早上或中午的「時間」無關所用的詞彙有「御機嫌よう（您好！）」一詞，在部分特殊人士之間常使用。

　　由於日本四季分明，以表示季節的詞來打招呼的用詞很多。如：

　　お暑うございます。（好熱呀！）

　　お寒いですね。（好冷呀！）

　　だいぶ涼しくなって参りましたね。（天氣已涼爽多了）。

〔13〕 敬語

　　説話者對話題中的人物及其行為、事物，或對説話的對象（第二人稱）表示敬意時所用的詞稱為敬語。敬意在廣義上稱為「待遇表現」（對待別人的表達方式），含有非語言的要素。如説話時的語調、發音的方法、臉部的表情、態度、客氣度，用文字書寫時用紙的選擇、用字遣詞的客氣等。在此僅提出語言要素來説明。

(1)　使用敬語的條件
　　①長輩或晚輩
　　②初見面或親朋好友
　　③場面、狀況（如參加結婚典禮、慶祝生日之類的盛大場面，或慰問病患、參加葬禮之類的嚴肅場面，莊嚴的慶典等）

(2)　敬語的種類
　　①尊敬語：對話題中的人或談話對象的事物、行為直接表示尊敬的用語。
　　△名詞：あなた　どなた　田中君　お母さま　お兄さん
　　　　　　お姉ちゃん　お話　ご健康　み心　おん礼　御意
　　　　　　芳名　令室　貴家
　　△動詞：いらっしゃる　おっしゃる　なさる　くださる
　　　　　　みえる　召し上がる　あそばす
　　補助動詞：お読みになる　お話なさる　お帰り遊ばす
　　　　　　　ご覧になる　ご旅行なさる　ご卒業あそばす

　　　　　　お飲みくださる　ご説明くださる

△形容詞：お暑い　お安い　お忙しい　おきれい　ご心配
　　　　　ご幸福

△助動詞：行かれる　散歩される　起きられる　受けられる
　　　　　来られる

②謙譲語：説話者為了尊敬對方或話題中的人物，貶低自己以示
　　自己差對方一截的心情，用於自己方面的動作或事物以示向對
　　方表示敬意的用語。

△名詞：わたし　ぼく　拙宅（せったく）　拙者（せっしゃ）　粗品（そしな）　粗茶　弊社（へいしゃ）　弊店（へいてん）
　　　　卑見（ひけん）　小著（しょうちょ）　愚妻（ぐさい）　愚女（ぐじょ）　豚児（とんじ）　せがれ

△動詞：参る　伺う　申す　いたす　いただく　お目にかかる
　　　　　承（うけたまわ）る　拝見（はいけん）する　拝聴（はいちょう）する　あげる　さしあげる

補助動詞：お待ちする　ご返事する　お電話いたします
　　　　　ご通知いたします　お願い申す　ご連絡申す
　　　　　お頼み申し上げる　ご報告申し上げる　存じ上げる
　　　　　お休みいただく　ご説明いただく　見せてさしあげる
　　　　　聞いてさしあげる

③客氣語（丁寧語）：説話者以説話用詞很客氣，來向對方表示
　　敬意的説法。

△動詞：参る　申す
　　　　　お車が参りました。（車子來了。）
　　　　　田舎と申しましても、近頃は便利になりましたね。
　　　　　（雖然是鄉下，但最近也方便起來了。）

補助動詞：参ります　おります
　　　　　だんだん星も見えて参りましたね。

（星星也逐漸出現了。）

部屋が散らかって<u>おります</u>が、どうぞお上がり下

さい。（屋子裏很零亂，（不過）請上來吧。）

△接辭：お　ご

お水　ご飯

△助動詞：です　ます　ございます

この本はあなたの<u>です</u>か。（這本書是你的嗎？）

あなたも走り<u>ます</u>か。（你也要跑嗎？）

わたしも元気<u>です</u>。（我也很好。）

お寒うございます。（好冷呀。）

④**美化語**：與向對方或話題中的人物表示敬意的敬語不同的，有

說話者將自己的話說的文雅、漂亮的用語，這一類特稱為美化

語。如：

<u>お</u>茶を飲みたいな。（好想喝茶。）

<u>ご</u>飯を食べようかしら。（吃飯吧！）

(3)　動詞的敬意表示

普通語	尊　敬　語	謙　讓　語
いる	いらっしゃる おいでになる おみえになる	おる
来る	いらっしゃる おいでになる	参る
行く	いらっしゃる	参る

	おいでになる	伺う
する	なさる あそばす	いたす
言う	おっしゃる	申す 申し上げる
見る	ご覧になる	拝見する
聞く		伺う 承る 拝聴する
食べる	召し上がる	いただく
会う		お目にかかる

(4) 補助動詞的敬意表示

①表示尊敬

△

> お…になる　　お…なさる　　お…くださる
> ご…になる　　ご…なさる　　ご…くださる

如：お歩きになる　お話なさる　　お知らせくださる
　　ご旅行になる　ご説明なさる　ご連絡くださる

△

> （て）いらっしゃる（て）おいでになる

如：先生がピアノを弾いていらっしゃる。（老師在彈鋼琴。）
　　先生がピアノを弾いておいでになる。（老師在彈鋼琴。）

②表示謙譲

△
| お…する | お…いたす |
| ご…する | ご…いたす |

如：<u>お</u>待ち<u>する</u>　　<u>お</u>待ち<u>いたす</u>
　　<u>ご</u>依頼<u>する</u>　　<u>ご</u>報告<u>いたす</u>

△
| お…申す | お…申し上げる |
| ご…申す | ご…申し上げる |

如：<u>お</u>送り<u>申す</u>　　<u>お</u>話<u>申し上げる</u>
　　<u>ご</u>遠慮<u>申す</u>　　<u>ご</u>遠慮<u>申し上げる</u>

(5) 授受的表達與敬意

日語有關事物的授受關係，依對方是長輩或晚輩、親疏關係而有不同的表達方式。

①動詞的授受表達

A　やる・あげる・さしあげる（給與）

妹にマンガの本を<u>やる</u>。（給妹妹漫畫書。）—對晚輩
友達にノートを<u>あげる</u>。（送給朋友筆記簿。）—對平輩
先生に手紙を<u>さしあげる</u>。（寫信給老師。）—對長輩

B　くれる・くださる（接受）

友達が花を<u>くれる</u>。（朋友送給我花。）—來自平輩或晚輩
先生が記念品を<u>くださる</u>。（老師送給我紀念品。）—來自長輩

C もらう・いただく（接受）

友達から犬を<u>もらう</u>。（朋友送給我狗。）

先生からアルバムを<u>いただく</u>。（老師送給我紀念冊。）

②補助動詞的授受表達

A （て）あげる・（て）やる

自己將利益、好處給與對方（平輩或晚輩）的行為

ボールを拾って<u>あげる</u>（拾って<u>やる</u>）。（幫你撿球。）

写真を撮って<u>あげる</u>（撮って<u>やる</u>）（幫你照相。）

B （て）さしあげる

自己將利益、好處給與對方（長輩）的行為

荷物を持って<u>さしあげる</u>。（幫您拿行李。）

本を読んで<u>さしあげる</u>。（幫您念書〔念給你聽〕）。

C （て）くれる

對方（平輩或晚輩）將利益、好處給予自己的行為。

妹が掃除を手伝って<u>くれた</u>。（妹妹幫我掃地。）

友達が本を貸して<u>くれた</u>。（朋友把書借給我。）

施給利益、好處的行為者是無生物時亦可用。

若葉が私の心を洗って<u>くれる</u>。（嫩葉洗淨了我的心靈）

D （て）くださる

對方（長輩）將利益、好處給予自己的行為

先生が本を読んで<u>くださる</u>。（老師念書給我〔們〕聽。）

先輩が仕事を教えて<u>くださった</u>。（學長教我工作。）

品物を見せて<u>くださいませんか</u>。（東西給我看看好嗎？）

E　（て）もらう

自己要求對方（晚輩或平輩），由對方給予利益、好處。

　　妹に仕事を手伝って<u>もらう</u>。（請妹妹幫忙工作。）

　　後輩から先に食事をして<u>もらう</u>。（請晚輩先吃飯。）

F　（て）いただく

自己要求對方（長輩），由對方給予利益、好處。

　　道を教えて<u>いただく</u>。（請……告訴路。）

　　お風呂に入って<u>いただく</u>。（請……洗澡。）

「（て）もらう」「（て）いただく」都是表示要求對方，由對方給予利益、好處的行為，「（て）いただく」比「（て）もらう」更為客氣。此種説法各有二種用法。

　a利益、好處歸於説話者。如「本を貸して<u>もらう</u>。（〔請〕……把書借給我）」即書由對方借給自己。

　b對方受到利益、好處。如「ケーキを食べてもらう（いただく）」「ケーキを<u>召し</u>上がっていただく」（請……吃蛋糕），即對方「吃蛋糕」，自己以「頂く」的形式表示敬意。

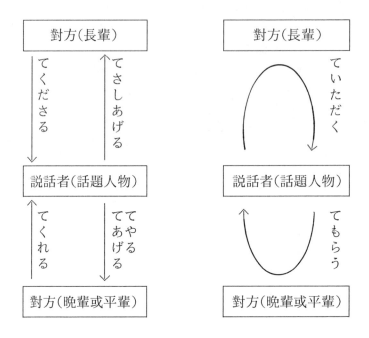

③關係謙讓語的問題

謙讓的敬意表示有「お……する」「ご…する」的形態，如「お願いします」「お祈りします」「ご通知します」「ご遠慮します」等，因為是自己的行為而用「お」「ご」，有很多人認為此種表達方式不貼切。

關於這一點，國語審議會在「これからの敬語（昭和27年）」一書中有說明，認為用「お」並無不妥。即雖屬自己的事物，但與對方有關，在習慣上有固定的用法，加「お」無妨。如：

お手紙（お返事、ご返事）をさしあげましたが（給您回信。）

お願いいたします。（拜託你。）

お礼を申し上げます。（致謝。）

ご遠慮いたします。（謝絶。）

ご報告いたします。（向您報告。）

④「あげる」和「やる」的問題

犬にえさをあげる。（給狗食物）

犬にえさをやる。（給狗食物）

「あげる」是「やる」的謙讓語。本來是用於事物施與長輩時的敬語。因此「犬にえさをあげる」「娘に本をあげる」之類，對動物或晚輩使用「あげる」的說法，被認為是錯誤的。但現在日常生活中有許多人使用「あげる」。這也許是認為「やる」是比較粗俗，覺得與其說「あげる」是謙讓語，不如說是較客氣的措詞而使用。「あげる」可以說是由謙讓語轉換為客氣語的一個例子。

⑤最高敬語

使役助動詞「せる」「させる」和尊敬助動詞「れる」一起使用，以表示最高敬意。

妃殿下はこの秋、五十六歳におなり遊ばせられる。

（皇后殿下到今年秋天已五十六歲了。）

宮さまは、この春高等科を終えさせられ、大学の国文科へ進ませられた。

（親王今年春天高等科畢業，進入大學的國文系）。

(6)　敬語的過度使用

①「お」的使用過多

一般來說，如下之類的詞不加「お」

△外來語

おステレオ　おテレビ　おワープロ　おアトリェ　おスケッチ

△「お」開頭的詞

お男 お王様 お奥様 お丘 お音 お沖 お面白い

△音節數多的詞

おさつまいも おけんちんじる

おぼたもち おたこあげ おいねかり

△除人體、食品、日常用品等與日常生活有密切關係之用語而女性使用者以外之事物

お海 お砂 お弓 お矢 お橋

A 客氣語（丁寧語）的「御（お）」的發展

據說客氣語之「お」的發展係受貴族侍女用詞的影響。貴族侍女用詞在室町時代由宮中的侍女們開始使用，後來，由服侍於將軍家的侍女普及到城鎮商家的女性，其數量逐漸增多。將「でんがく（醬烤串豆腐）」說成「おでん」，「こわめし（糯米摻紅豆煮的飯）」說成「おこわ」，「鰯（沙丁魚）」說成「おほそ」，「饅頭」說成「おまん」等。因此，加「お」的詞之中有許多是女性在日常生活中用於食品、日常用品、人體、衣物、生產等周邊事物的詞彙。如：

おめでた お産 お宮参り おむつ おくるみ おしめ

お古 おさがり おつゆ おやつ おはぎ おかず

おしるこ おにぎり お湯 おわん おはし おたま

おなか お顔 おしゃれ

B 「お」和「ご」的使用區分

原則上「お」加在和語，而「ご」加在漢語

△「お」＋和語：

お考え　お気持ち　お話　お幸せ　お預（あず）け　お手入（てい）れ

お好（この）み　お箸（はし）

△「ご」＋漢語：

ご相談　ご感想　ご清潔　ご誠実　ご心配　ご幸福

ご結婚　ご家庭

隨著時代的變遷，這個原則也逐漸被打破，在現代語之中，日常生活所使用的語言，仍可發現許多漢語用「お」的例子。如：

お電話　お赤飯（あかめし）　お教室　お砂糖（さとう）　お月謝（げっしゃ）

另外，有一部分外來語也用「お」。如：

おビール　おコーヒー　おたばこ

總之，「お」有可加任何詞的趨勢，「ご」也有「ごゆっくり」之類的用法，但為數很少，大致上可以守住「ご＋漢語」的原則。

②**雙重敬語・三重敬語**

將二個尊敬語重疊，或三個尊敬語重疊使用的語法稱為雙重敬語・三重敬語。雖然不能說是誤用，但由於平易淺顯的敬語發達，一般認為可以不用。例如：

お休みになられる

ご調査される

這是用以表示敬意的補助用言「お…になる」和表示敬意的助動詞「れる」重疊使用的例子。再如：

お見えになられる

這個「見える」是表示尊敬的動詞，又加上補助用言「お…になる」，再加上尊敬助動詞「れる」三重尊敬語而成「お見えになられる」，故稱三重敬語。

一般雖然認為雙重敬語・三重敬語並無必要，但實際上使用者仍

多，有時候因人或場面不同，仍有人喜歡用。

③句中使用的「です」「ます」

日語如果在句末使用表示敬意的「です」「ます」（即敬體），則全句均屬含有敬意的表示，句子中間的「です」「ます」可以省略，在句子中間使用太多的「です」「ます」反而破壞了日語的優美，而成為拖泥帶水的句子。如：

　　　雨の降りません日は、外で遊びます。

　　　（沒有下雨的日子，就在外面玩。）

　　　彼は素直ですので、みんなに愛されます。

　　　（他很純樸，所以受大家喜愛。）

(7)　對親屬的敬語

在家族之中，如「お父さん」「お母さん」雖然以敬稱稱呼，但對別人說話時則說「父（が）」「母（が）」而省略敬稱。如「このお弁当は、私のお母さんに作っていただきました（這個飯盒是我的母親替我做）」，這個句子對自己的母親亦使用「お母さん」「いただく」的敬語是錯誤的。還有公司職員對公司外的人說：「うちの社長さんがいらっしゃいました（我們社長已經去了）」。這句話雖然社長身分高，但也是錯誤的。因為對於公司職員來說，社長同屬於公司內的人，是自家人的關係。因此要說「うちの社長が参りました」，壓低社長的身分以示對公司外的人表示敬意才是正確的說法。

日語在一個公司、一個團體、各家屬之間，依長輩、晚輩之關係，敬意的表示有區別。同時，依自家人或他人關係的親疏，是否初次見面等裏外的關係，表示敬意的方式有不同。

(8) 敬稱

日本人有裏外的區別，對自家人有親密，對外有生疏的意識。因此，代名詞的用法也因對方與自己的關係是親或疏而有不同的説法，如稱對方為「あなた」或「君」「お前」「おめえ」「てめえ」……不同説法依親疏關係而定。指稱自己亦因親疏關係有説成「手前ども」者，有説「おれ」「おいら」「ぼく」「わたし」等，在家族之間，小孩子稱自己的父親為「お父さん」，但對別人稱自己的父親時則改説「父（が）」「母（が）」而省略敬稱。還有，對長輩亦不能以人稱代名詞表示上下關係的敬意。如對長輩稱呼「あなた」是失禮的。對長輩的敬稱以身分或職業來表示。例如：

> お父さん　お母さん　お兄さん　お姉さん　社長　部長
> 局長　店長　院長　師匠（ししょう）　先生　先輩（せんぱい）　棟梁（とうりょう）　兄貴（あにき）
> 親方（おやかた）　監督（かんとく）等。

其中「社長」「部長」「局長」等職位名稱本身即屬於敬稱，因此有人認為再加「さん」而成「社長さん」「部長さん」「局長さん」是錯誤的。但實際上，年輕女職員如當面稱呼「課長」「係長」等，有時反而招致反感。

昭和27年國語審議會出版的「これからの敬語」乙書建議：「在工作崗位上的用詞，如「先生」「局長」「課長」「社長」「專務」等，不必再加「さん」（男女通用）。但根據國立國語研究所調查企業界所用的敬語（企業の中の敬語，1982年刊），該報告説：

> 東京的女性事務員以「職位サン」的形式稱呼，如「部長さん」
> 「課長さん」等的情形頻頻出現。

總之，日語的敬稱複雜，依其人之身分、地位、年齡、環境等而有不同用法，有必要依各不同的公司、各不同的生活環境已固定的習慣或

規則，靈活應用。

關於「親族稱呼」方面，對別人稱呼自己的父、母、兄、姊時，不宜加敬稱而稱為「お父さん」「お母さん」等。所謂親屬雖無明顯的界線，但大致上所指的範圍是到伯（叔）父，伯（叔）母為止。如：

わたしの伯母が自由が丘の駅前で、薬屋を始めました。

（我的伯母開始在自由が丘車站前開藥房。）

提到「堂兄弟姊妹」時，一般是加敬稱來稱呼，如：

ぼくのいとこの次郎君が…（我的堂弟次郎君…）

在家族間相互稱呼對方時，對長輩是在親族稱呼上加敬稱，如「お父さん」「お姉さん」，但對晚輩則不以親族稱呼稱之，而直呼名字。如：

×おい、弟！

×おえ、妹！

但年幼的小孩子對別人說到自己的家人，如「うちの母（が）」「わたしの姉（が）」等反而會給人有太壓迫的不快感，所以年幼的小孩在習慣上都以敬稱來稱呼，如：

ぼくのおじいちゃんが……（我的爺爺……）

わたしのお父さんが……（我的父親……）

(9)　對長輩的慰問話

對長輩說「お疲れさまでした」「ご苦労さまでした」（您辛苦了）之類的慰問話，一般都認為是誤用。但實際在社會上則依時間和場所而使用。似應依照所處的社會習慣而定。

〔1〕類似用法的區別

A 助詞

(1)　{わたしは行く。（我要去。）
　　　{わたしが行く。（我要去。）

①疑問詞的位置

「が」上接疑問詞。即疑問詞在「が」之前。

どこが痛いのですか。（哪裏痛？）

だれが来ましたか。（誰來了？）

用「は」時，疑問詞在「は」之後。

痛いのはどこですか。（痛的部位是哪裏？）

来たのはだれですか。（來的是誰？）

②「が」表示未知，「は」表示已知。

×人間が動物だ。

○人間は動物だ。（人是動物。）

車から人が降りて来た。あの人はどこへ行くだろう。

（有人下車了。那個人要去哪裏呢？）

③「が」表示描寫句（現象句），「は」表示判斷句（説明句）。

あっ、雨が降った。（哎呀！下雨了。）

ほら、月が出た。（你看！月亮出來了。）

上例是描寫實際下雨，月亮出現在眼前的現象，用「が」表示。
而說話者加以判斷、說明時，用「は」表示。如：

　　　　これはトマトです。赤くて丸くて、とてもおいしい野菜です。

　　　　（這是蕃茄。是又紅又圓，而且非常好吃的蔬菜。）

　　④「が」表示詞與詞，或語句（詞組）與語句之關係，而「は」
關係到全句的組合，其勢力及於句末，約束全句。如：

　　　　象は体が大きく、鼻が長い。（象體型大，鼻子長。）

　　⑤「体言＋が＋体言」「体言＋が＋用言」全體當做一個修飾語
使用。如：

　　　　あなたが主役の住いです。（你是主人的住家。）

　　這個「あなたが主役」當做一個修飾語，修飾「住い」。再如：

　　　　わたしが作った料理です。（我所做的菜。）

　　這個「わたしが作った」當做一個修飾語，修飾「料理」。

　　⑥句型「～に～がある（いる）」「～は～にある（いる）

　　　　応接間にピアノがある。（客廳有鋼琴。）

　　　　山に狸がいる。（山裏有狸。）

　　　　ピアノは応接間にある。（鋼琴在客廳）。

　　　　狸は山にいる。（狸在山裏。）

　　這些句子的「は」和「が」的位置可以換。但以「～に～がある
（いる）」「～は～にある（いる）」的句型較自然。

　　⑦表示對比時用「は」

　　　　夏は好きだが、冬は嫌いだ。（喜歡夏天，但不喜歡冬天）。

　　　　兄は教師で、弟は商人だ。（哥哥是教師，弟弟是商人）。

⑧對於疑問句、詢問句的答覆。

△答案是肯定時，用「が」表示的疑問句（詢問句）用「が」答
覆，用「は」表示的疑問句（詢問句）用「は」答覆。

いつが休みですか。（什麼時候放假呢？）

──日曜日が休みです。（星期日放假。）

これは何ですか。（這是什麼呢？）

──それは真だこです。（那是章魚。）

△答案是否定時，用「が」表示的疑問句（詢問句）或用「は」
表示的疑問句（詢問句）都用「は」答覆。

まだ歯が痛いですか。（牙齒還痛嗎？）

──いいえ、もう歯は痛くありません。（不，牙齒不痛了。）

仕事は終わりましたか。（工作做完了嗎？）

──いいえ、まだ仕事は終わりません。

（不，工作還沒做完。）

（參考「現代のエスプリ」（至文堂），〔日本語の文法を
考える〕（大野晉著岩波新書）。）

(2) ｛ぼくはうなぎだ。（我要吃鰻魚。）
ぼくがうなぎだ。（我要吃鰻魚。）

「ぼくはうなぎだ」的「ぼくは」是主題，述語原是「うなぎが
好きだ」「うなぎが食べたい」「うなぎを食べよう」等，而省略成
「うなぎだ」的句子。

問：あなたはどこに住んでいますか。（您住在哪裏？）

答：東京です。（住在東京。）

這個「東京です」是「東京に住んでいます」的省略形。

日語並無不可省略主語，不可省略述語的規則。傳達對方不知道的資訊，只要對方瞭解，則多餘的部分可以省略。這是日語的特徵，句子不説完，用「～けど」「～てね」「～から」等，讓對方體會，給予對方有插話的餘地。只有二個人會話時，或在多數人面前講話時，也一一地確認對方之意而説：「よろしいですか」「よろしいですね」。對方也一一地點頭稱是或搭腔。日語傳達給對方的不是完結的句子，而是相互交換談話內容，相互合作以完結一個句子。「ぼくはうなぎだ」的句子是日語基本句型之一。雖然是省略的句子，但却是一個可以將意思傳達給對方的句子。「ぼくはうなぎだ」是針對「あなたは何を食べますか」之詢問的答覆句。再將主語省略，只説「うなぎだ」亦通。

　　相對地，「ぼくがうなぎだ」是針對「だれがうなぎを食べますか（誰要吃鰻魚？）」「だれがうなぎを注文したのですか（誰叫了鰻魚）」之詢問的答覆句。因此雖然述語省略，但主語也不能省略。

(3)　　　水が飲みたい。（我想喝水。）
　　　　　水を飲みたい。（我想喝水。）

　　△「が～たい」

　　表示對於對象在瞬間湧起的心理需求。因此可與感動詞一起使用，如「ああ、水が飲みたい（啊！想喝水）」。「が～たい」大多在句末用以表示説話者的本能需求。

　　△「を～たい」

　　為了避免與主格混淆，而採取「を～たい」的形態。

　　　　×溺れる子供が助けたい。
　　　　○溺れる子供を助けたい。（想救溺水的小孩。）

　　大多使用在「と思う」「と言う」之類的引用句或表示理由的名

詞節，亦用在「〜けれど」「〜が」之類的條件句之中。如：

希望を<u>かなえたい</u>と思う。（我希望達成願望。）

手伝いを<u>頼みたい</u>と思う。（我想請你幫忙。）

鯉を<u>さし上げたい</u>ので……（想送你鯉魚……。）

世話を<u>してあげたい</u>のだけれど……（我想照顧你……。）

……始末を<u>つけて置きたい</u>が……（想先處理……。）

「を〜たい」所表示的願望大多用在與對方有關的、互動的、受到對方的好處時，並非向對方做瞬間的要求，而以鄭重的態度表示希望的趨向較強烈，較少僅止於自己的需求。因此，不能與感動詞共用，如「ああ、水を飲みたい」之句並不自然。另外，「を」與「動詞＋たい」之間可插入其他語句。如：

水を<u>持ってきて</u>もらいたい。（希望你拿水來。）

彼の顔を<ruby>一目<rt>ひとめ</rt></ruby>見たい。（想看他的臉一眼。）

（參考至文堂「解釈と鑑賞」1989 年 5 月號）

(4) ｛音楽室に<u>ピアノがある</u>。（音樂室有鋼琴。）
｛音楽室に<u>は</u>ピアノがある。（音樂室有鋼琴。）

「音楽室にピアノがある（音樂室有鋼琴）」是表示實際有鋼琴存在的現象句，「に」表示存在的場所。「音楽室にはピアノがある」有暗示其他場所並無鋼琴之意，由於加「は」而表示說話者判斷與其他場所有別。

(5) ｛買い物<u>へ</u>行く。（×）
｛買い物<u>に</u>行く。（○）（去購物。）

如「学校へ行く」「学校に行く」，用以表示方向和歸著點時，

「へ」「に」都可通用。但「買い物（購物）」既非方向，也非歸着點。「買い物」是「行く」的目的。像這樣表示動作的目的時是使用「に」而不用「へ」。

$$\left\{\begin{array}{l}\times泳ぎへ行く。\\ \bigcirc泳ぎに行く（去游泳）。\end{array}\right. \quad \left\{\begin{array}{l}\times釣りへ行く。\\ \bigcirc釣りに行く（去釣魚）。\end{array}\right.$$

(6) $\left\{\begin{array}{l}\text{古い洋服を雑巾にする。（用舊西服做抹布。）}\\ \text{古い洋服を雑巾とする。（把舊西服當做抹布用。）}\end{array}\right.$

「雑巾にする（做成抹布）」是將原來的材料西服加以改變，重新制作成抹布來使用之意。而「雑布とする（當做抹布）」是不改變原來西服的形態，以原有的形態當做抹布來使用之意。

(7) $\left\{\begin{array}{l}\text{うどん粉は麦から作る。（麵粉是用小麥製成的。）}\\ \text{うどんは小麦粉で作る。（烏龍麵是用麵粉做的。）}\end{array}\right.$

「から」表示原來的材料加以變化，成為重新製造新東西的材料。「で」表示原來的材料並未變化，利用它做為新産品的材料。

(8) $\left\{\begin{array}{l}\text{わたしが行くと思う。（×）}\\ \text{彼が行くと思う。（〇）（我想他會去。）}\end{array}\right.$

這是助詞「と」用以表示引用的用法。引用是説話者介紹或説明別人之言行或事態之用法，所以不能使用於第一人稱。

(9) $\left\{\begin{array}{l}\text{玄関から入る。（由玄關進入。）}\\ \text{玄関を入る。（進入玄關。由玄關進入。）}\end{array}\right.$

「から」表示人及事物、事象移動的起點，「を」表示以某種目

的・意志移動之意。（參閱本書26～28頁）

(10) ｛ 午前10時<u>より</u>開店。（上午10點開店。）
　　 午前10時<u>から</u>開店。（上午10點開店。）

　　「より」「から」都表示行使動作・作用的時間、場所、方向、人……等各種起點，「より」的語源是「ゆり（以後）」，由於母音交替而成為「より」。「から」的語源是「国柄、山柄、川柄」等的「から」、家柄、腹柄等，表示血統、本性、與生俱來之意。由此而使用於自然而然之意，由自然的發展之意而産生「昔より」「昔から」的用法。自然的發展表示事物的出發點。「より」「から」用法相同，不久「より」就用於文章，而「から」則用於口語。明治時代推行語文一致運動，「より」「から」就開始同時使用，但在口語上，「から」有壓倒性優勢，現在，「より」只有用在文章或標語、看板或布告、廣告、書信等略去文末時。如：

　　　　特価品は千円より。（減價品自一千元起。）

　　　　入園は満三歳より。（進入幼稚園自三歳起。）

　　　　花子へ……母より。（給花子……母親寄。）

　　　　会議は午後一時より。（會議自下午一點開始。）

　　　　駅より徒歩３分。（自車站徒歩三分鐘。）

　　（關於「より」「から」的語源，參考了大野晉著「日本語の年輪」「岩波の古語辞典」）

(11) ｛ 学校<u>へ</u>行く。（去學校。到學校去。）
　　 学校<u>に</u>行く。（去學校。到學校去。）

　　在奈良時代，「へ」是表示由現在所處的位置離開到遠的地方，

而「に」是表示歸着點。在方言方面據説京都地區用「へ」，九州地區用「に」，關東地區用「さ」。但現代的標準語在會話並不特意去區分「へ」和「に」。只是在文章上有用「へ」表示方向，用「に」表示歸着點之趨向。（參閲本書29頁。此參考了大野晉著「日本語の文法を考える」及田中章夫著「日本語Q＆A」（国文学））。

(12) 　10時まで雨が降った。（雨下到10點。）
　　　10時までに雨が降った。（10點前下雨。）

「10時まで雨が降った（雨下到10點）」表示雨一直下到10點之意，「10時までに雨が降った（10點之前下了雨）」表示在十點之前的某一時間下了雨之意。「～まで」表示動作・作用繼續進行的範圍，而「～までに」表示範圍内之某一時間。（參閲本書39頁）

(13) 　ノートだけ買ってない。（只有筆記簿沒買。）
　　　ノートしか買ってない。（只買筆記簿。）

「ノートだけ買ってない（只有筆記簿沒有買）」表示沒有買筆記簿的狀態。「ノートしか買ってない（只買筆記簿）」表示只有買筆記簿的狀態。

(14) 　疲れたので眠ってしまった。（○）（因為很累，就睡著了。）
　　　疲れたから眠ってしまった。

　　　もう遅いので寝なさい。
　　　もう遅いから寝なさい。（○）

「ので」和「から」都是表示原因・理由的接續助詞，在用法上

並無多大差別，但「ので」表示自然的發展，而「から」有較強烈提出原因‧理由之意。因此「疲れる」「眠る」等無意志動詞係表示自然發展的結果，所以用「ので」較自然。再如「寝なさい」「寝よう」表示意志時，以用「から」較自然。（參閱本書58‧59頁）

(15)　 この問題は易しくて解ける。（這個問題容易解答。）
　　　　この問題は難しくて解けない。（這個問題不難解答。）

　　「て」用以表示原因、理由時，大多是「て」之後為形容詞，賦給該形容詞所示之意義以理由。如：

　　　　やわらかくて食べやすい。（因很軟容易吃下。）

　　　　かたくて食べにくい。（因很硬難以吃下。）

　　　　近くて便利だ。（近而方便。）

　　　　遠くて不便だ。（遠而不便。）

　　此種情形，肯定形與否定形都成立。但「形容詞＋て＋動詞」的形態時，否定形可成立，而肯定形則有的成立有的不成立。如

　　　　×軽くて持てる。
　　　　○重くて持てない。（因為重而拿不動。）

　　　　×低くて届く。
　　　　○高くて届かない。（很高搆不到。）

　　這個助詞「て」後直接接動詞時，肯定形不能用。但「て」和動詞之間介入其他語句時，肯定形也可以使用。

　　　　この問題は易しくて誰にでも解ける。

　　　　（這個問題很容易，任何人都可以解答。）

　　　　兄は背が高くて天井まで手が届く。

　　　　（哥哥個子高，手可以搆到天花板。）

另外，動詞所示的意義，本來就無法以意志左右的狀態性時，肯定形亦可成立。

　　　　高くて困る。（因為貴而傷腦筋）

　　　　話が長くて飽きる。（因話多而覺得厭煩）

　　　　安くて助かる。（因便宜而省錢）

　　　　うるさくて疲れる。（由於心煩而覺得累）

(16)　｛水を飲みな。（請喝水。）
　　　｛水を飲むな。（不可喝水。）

　　意志動詞的連用形接終助詞「な」時，表示輕微的命令，囑其做該動作。

　　意志動詞和心理作用的動詞終止形接終助詞「な」時表示禁止。表示吩咐或勸其不可以做該動作之意。

B　助數詞

(17)　｛1枚　2枚　3枚　4枚　5枚……（1張……。）
　　　｛1本　2本　3本　4本　5本……（1支……。）

　　助數詞的發音有的很有規則，如1枚（いちまい）2枚（にまい）3枚（さんまい）……，有的沒有規則，如1本（いっぽん）2本（にほん）3本（さんぼん）……。此係因助數詞之詞頭部分的發音是有聲或無聲而產生發音的不同。詞頭的發音為有聲（ア、ガ、ザ、ダ、ナ、マ、バ、ラ、ヤ、ワ各行）時，數詞1到10都是有規則的發音。數詞下之助數詞1到10的發音也都相同。而助數詞的詞頭的發音是無聲（カ、サ、タ、ハ（パ）行時，則都是不規則，並因行而異。（本書在80頁已有詳細說明。助數詞的發音依有聲無聲而產生不同，

這個見解依據朝日週刊的「日本語相談」）

C 形式名詞

(18)
　本を読む<u>ように</u>部屋を明るくした。
　（改善房間燈光，以便讀書。）（參閱 175 頁）
　本を読む<u>ために</u>部屋を明るくした。
　（為了讀書，而改善房間燈光。）

「ように」表示使其成為那種狀態之意，不含意志或目的。「本を読むために」是「意志動詞＋ために」的形式，表示目的。

　あした晴れる<u>ように</u>祈る。（祈望明天放晴。）

　連絡する<u>ように</u>頼む。（請求連絡。）

「ように」是表示成為那種狀態，成為那種情況，意志在於「祈る」「頼む」。

　早く帰ってくるように。（希望早點回來）。

這個句子「ように」後面的話省略掉了，如說成「早く帰ってくるように願う」，則意志在後面的「願う」、「ように」顯然並無意志。

　風が通るように窓を開けた。（打開窗戶以便通風。）

這是打開窗戶使成為可以通風的狀態之意。不能用「ために」而說成「風が通るために窓を開けた」。為了表示目的必須使用「意志動詞＋ために」的形式。即

　風を通すために窓戸を開けた。（打開窗戶使風進得來。）

（譯註：「ように」一般均列有表示行為目的的用法。只是其用法與「ため」有別。）

⒆　｛旅行するために、お金をためた。

　　（為了旅行而存錢。）

　　旅行したために、お金がなくなった。

　　（因為旅行，所以錢用完了。）

「意志動詞＋ために」的形式表示目的。

　　勉強するために、本を買う。（為了求學而買書）。

　　原稿を書くために、机に向かった。（為了寫稿而伏案）。

　　泳ぐために、プールへ行く。（為了游泳而去游泳池）。

「無意志動詞＋ために」的形式表示原因・理由

　　体がひ弱なために、運動が苦手だ。

　　（因為身體虛弱而不擅於運動）。

　　仕事が忙しいために、家に帰るのが遅い。

　　（因為工作忙碌，所以晚回家）。

　　子供がいるために、家の中が明るい。

　　（因為有小孩，家裏顯得很熱鬧）。

　「旅行するために、お金をためた（為了旅行而存錢）」是表示目的。「旅行したために、お金がなくなった（因為去旅行，所以錢用完了）」，「旅行した」是過去式，表示「原因・理由」。因為過去是表示結果的狀態，已成無意志狀態，所以表示「原因・理由」。

⒇　｛書いたところだ（剛寫完。）（參閱57・74頁）

　　書いたばかりだ（剛寫完。）（參閱41頁）

　「書いたところ」表示寫完的狀態，而「書いたばかり」表示寫完後還沒經過多少時間，係將點置於「時間」的表達方式。

(21)　　┌行きます。（要去。）
　　　　└行くのです。行くんです。（要去。是要去的。）

　　「行きます」是表示「行く」或「行かない」的意志。「行くの
です」是用以説明「本当に行く（眞的要去）」「どこへ行く（去哪
裏）」「なぜ行く（為什麼去）」之類的情形或狀態。

　　　　寒いですか。（你覺得冷嗎？）

　　這是詢問「寒い」或「寒くない」的句型。

　　　　寒いのですか。（你覺得冷嗎？）

　　這是看到對方顯得冷的樣子，或外表看來好像很冷的樣子而要求
對方説明的句子。較通俗的説法是「の」改成「ん」。

　　　　行くのです。──→行くんです。

D　動詞

(22)　　┌早く起きろ。（快點起床！）
　　　　└早く起きよ。（快點起床！）

　　明治30年代文部省附設國語調查委員會，調查日本全國的方言，
選定標準語，明訂採用語文一體的方針。當時一般來説，動詞的命令
形在關東地區及九州部分地區是使用「～ろ」的形態。如「起きろ」
「投げろ」等。以京都為中心的西日本則語尾以「よ」發音，如「起
きよ」「投げよ」，或語尾用「い」，如「見い」「起きい」。因此
要將命令形統一成一個形態很困難，於是採用了傳統上文章所用的
「起きよ」的形態和東京語的「起きろ」的形態。結果「起きろ」
「起きよ」二種形態就出現在學校文法及許多文法書上，一直沿用到
現在。但實際上，被認為是共通語的東京語並不使用「起きよ」的形
態。

㉓　⎰作文を書こう。（寫作文吧！）
　　⎱作文を書こー。（寫作文吧！）

「書こう」在文字上雖然寫「う」，但實際上却是 o 的長音，讀成「書こー」。這是中世時代母音的長音化，發音是 ou 的變成 o（オー），發音為 eu 的變成 jo（ヨー），au 變成 ao，再變成 o（オ）。ju、ju: 都變成（ユー）。即，連母音在發音時拉長而成為一個音。

①オウ→オー（ou→ô:）

　　翁〔ou〕→〔ô:〕　公〔kou〕→〔kô:〕

②ヨウ→ヨー（jou→jô:）

　　用〔jou〕→〔jô:〕　松〔ʃou〕→〔ʃô:〕

③エウ→ヨー→（eu→jô:）

　　要〔eu〕→〔jo〕　　少〔ʃeu〕→〔ʃô:〕

④アウ→アオ→オー（au→ao→ǒ）

　　会ふ〔au〕→〔ao〕→〔ǒ〕

　　相〔sau〕→〔sao〕→〔sǒ〕

⑤イウ→ユー→（iu→ju）

　　言ふ〔iu〕→〔ju:〕　集〔ʃiu〕→〔ʃu:〕

〔註〕ǒ 是開口音，發音時口張開比 ô 大。ô 是合音，發音時口張開比 ǒ 小。古時這兩個音有區別。イウ的長音化雖未普遍，但 ǒ 與 ô 開合的區別，在江戶時代誦經時還遵守著。一般來說，オ段的長音，口開合的區別自江戶以後逐漸消失，而統一為狹母音的 ô。

總之，「書かう」經過 au→ao→o 的變化，實際上以 o 的長音來發音而寫成「書こう」。但只有書寫時仍寫成「書かう」。不過，昭和21年公布現代假名用法，訂定了以假名書寫現代語時要依據現代語音的原則。於是仍依據實際的發音，將「書かう」寫成「書こう」。

而且才段的長音的寫法，依現代假名用法的原則所示；「才段的假名，添加「う」』，所以實際上 o 的長音，在書寫時都以「う」來表示。因此，發音「kako:」寫成「書こう」為正確。

(24)　太陽が昇<u>ってきた</u>。（太陽升起了。）
　　　太陽が沈<u>んでいった</u>。（太陽西下了。）

　　「てくる」和「ていく」都是表示逐漸變化之意。「てくる」是動詞所示的動作・作用以說話者或話題中的人物為中心，逐漸接近之意。而「ていく」則表示動詞所示的動作・作用，以說話者或話題中的人物為中心，逐漸遠離之意。（參閱本書 110・111 頁）

(25)　手紙を書い<u>てみる</u>。（〔試著〕寫信看看。）
　　　手紙を書い<u>ておく</u>。（先寫信。）

　　「てみる」是表示是否實現並不清楚，但不論如何試試看之意。「ておく」表示確實有行動之意志。（參閱本書 108・109 頁）

(26)　書ける　話せる　読める
　　　見れる　来れる　起きれる

　　五段活用動詞之中，以意志行使的動詞改為下一段動詞以表示可能的用法，即「書ける」「話せる」「読める」之類的形態，據說自室町時代開始，到江戶時代後期的江戶語已普遍化。稱之為可能動詞。而五段以外的動詞表示可能之意時則加助動詞，如「見られる」「来られる」被認為是正確的用法。

　　但最近有許多人將五段以外的動詞說成如「来れる」「見れる」之類的說法，年輕人之間更為普遍。

此種現象自大正末年到昭和初年，似受方言的影響而普遍。五段以外的動詞以此種方式表示可能的，以一個音節的詞為多，二個音節以上的詞僅限於少數的詞。（參閱96・123頁）

(27)　｛窓が開いて<u>いる</u>。（窗戸敞開著。）
　　　｛窓が開けて<u>ある</u>。（窗戸開著。）

「窓が開いている（窗戸敞開著）」是自動詞「開く」加「ている」而成的形態，表示自然行使的動作結果。

「窓が開けてある（窗戸開著）」是他動詞「開ける」加「てある」而成的形態。表示人為行使的動作結果。（參閱 103 頁）

E　形容詞

(28)　｛大きい体　小さい手　おかしい顔
　　　｛大きな体　小さな手　おかしな顔

學校文法以「大きい」「小さい」「おかしい」有形容詞的活用而認定其為形容詞，「大きな」「小さな」「おかしな」無形容詞活用，而且僅修飾体言而認定其為連体詞。但「大きな」「小さな」「おかしな」在意義及用法上與形容詞的連体形完全相同。具有形容詞本來的意義。因此與其認為它是連体詞，倒不如認定它是形容詞連体形的特殊形。（參閱 199 頁）

(29)　｛赤い　白い　青い　黒い
　　　｛黄色い　茶色い

日語的顏色名稱以赤、白、青、黑四個詞為最古老，以「赤し」「白し」「青し」「黒し」的形態使用。「し」是「…である」之意，

如「高し」「長し」廣泛地當形容詞使用。起初「し」是獨立的詞，隨著時代的變遷，像「赤し」「白し」逐漸被當做一個詞來用，「し」便無法分離使用。到了「し」不能分離使用時，就用「なり」當做「…である」的意思來使用了。「綠」或「紫」的顏色名稱，係到了「し」不能分離使用時，新增加的詞，所以就不說成「綠し」「紫し」而使用「綠なり」「紫なり」「綠に」「紫な」的形態。到後來所增加的顏色名詞便不加「し」來表示。因此，如「赤し」變音成「赤い」的例子在日語裏有自古以來就有的「赤い」「白い」「青い」「黑い」四個詞，除此之外，如「茶い」「桃色い」等並不使用。顏色名稱之中，「茶」「黃」的語幹是一個音節，乃加上「色」，也許是因為說成「茶色い」「黃色い」也只不過是四音節，聽起來並無不自然，所以就在末尾加「い」來表示了。「黃色」到江戶時代為止尚使用「黃色な」「黃色に」，據說由江戶時代末期到明治時代才開始使用「黃色い」的形態。「茶色」也是自江戶時代開始才使用的新詞形。

由詞的派生關係亦可瞭解「赤」「白」「青」「黑」是古老的顏色名稱。

	〜かろ	かっ	〜く	〜い	〜けれ	真っ〜	〜さ	疊語
赤	◯	◯	◯	◯	◯	◯	◯	◯
白	◯	◯	◯	◯	◯	◯	◯	◯
青	◯	◯	◯	◯	◯	◯	◯	◯
黑	◯	◯	◯	◯	◯	◯	◯	◯
黃	×	×	×	×	×	×	×	×
茶	×	×	×	×	×	×	×	×
綠	×	×	×	×	×	×	×	×
紫	×	×	×	×	×	×	×	×

（參考朝日週刊的「日本語の相談」及アルク社的「日本語月刊」）

(30)　　{ よさそうだ　なさそうだ
　　　　{ 住みよさそうだ　少なさそうだ

　　學校文法把「そうだ」當做樣態助動詞，但我認為「そう」接在動詞（助動詞）的連用形，形容詞的語幹構成体言。如「散りそう」「泣きそう」「近そう」「残念そう」，再加斷定的助動詞「だ」以表示説話者的判斷。如：

　　　　散りそうだ　　　　泣きそうだ

　　　　近そうだ　　　　　残念そうだ

而且「散りそうだ」「泣きそうだ」各成為一個詞，扮演ナ形容詞（即所謂形容動詞）的角色。

　　這個「そうだ」，在形容詞之中，接在語幹是一音節的「よい」「ない」時，其間要插入「さ」而説成「よさそうだ」「なさそうだ」。一音節的詞之中如「濃い」是説成「濃そうだ」，其間不插入「さ」，這是自古以來的説法，但最近也開始使用「濃さそうだ」的形態。「酢い」由「酢っぱい」的形態而使用「酢っぱそうだ」，其間亦不插入「さ」。

　　如此，語幹是一音節的「よい」「ない」接「そうだ」時，也許為了避免意義與其他詞混淆，而插入「さ」，其他的詞不插入「さ」才是正確用法。但隨著時代的改變，各詞插入「さ」的用法逐漸普遍，現在「話せなそうだ」和「話せなさそうだ」、「少なそうだ」和「少なさそうだ」兩種形態並行。

F　助動詞

(31)　　{ 来まい　来まい　来るまい
　　　　{ しまい　すまい　するまい

本來「まい」接在五段動詞的終止形，其他動詞接在未然形，以表示否定的意志或否定的推量。

但在實際生活上，「見まい、見るまい」「来まい、来まい、来るまい」、「しまい、すまい、するまい」等的形態都有使用。關於這一點，在大正6年出版的「口語法別記」乙書中曾記述：「カ行變格活用的「こまい」也說成「くまい、きまい」或「くるまい」等，サ行變格活用的「しまい」也說成「すまい」或「するまい、せまい」「しょまい」等，全國各地說法非常混亂，無法區別，最好全部不用」。可知大正年間就已經很混亂。昭和21年的「次官會議協議」亦認為「用「まい」表示否定推量的說法，可儘量避免。」現在一般是用「ないだろう」「ないでしょう」的形態來表示否定推量，「まい」只有文章、演說或高齡者之間使用。

(32) ┌ 大きいです。
    └ 大きゅうございます。

以前，形容詞接「です」的用法，只能用「です」的未然形接「う」的形態「でしょう」。如：

山頂のながめは美しいでしょう。（從山頂看風景很美吧！）

形容詞的敬体（丁寧体）的正確說法被認為是形容詞接「ございます」，如「大きゅうございます」「美しゅうございます」。但因感覺得語形很長又太客氣，一般人乃模仿「本です」「春です」的說法而說成「大きいです」「美しいです」而逐漸廣泛使用。國語審議會在「これからの敬語」（昭和27年）中建議：「長久以來成為問題的形容詞接續法—例如「大きいです」「小さいです」等，形態平易淺顯，可予承認」，提示了承認「形容詞＋です」之形態的見解。此

後，學校文法亦採用「形容詞＋です」為正確用法。形容詞的過去形一般亦說成「大きかったです」「美しかったです」，但最近亦有人使用「大きいでした」「美しいでした」的形態了。

G　準助動詞

(33)　着物を<u>着せる</u>。（替……穿衣服。）
　　　着物を<u>着させる</u>。（叫……穿衣服。）

　「着物を着せる（幫……穿衣服）」是自己替對方穿衣服的行為，「着せる」是一段活用的他動詞。

　「着物を着させる（叫……穿衣服）」是命令別人，叫他做穿衣服的行為，「着させる」是上一段活用動詞「着る」接使役助動詞「させる」而成。（參閱 179 頁）

(34)　子供<u>に</u>行か<u>せる</u>。（讓小孩去。）
　　　子供<u>を</u>行か<u>せる</u>。（叫小孩去。）

　自動詞改為使役形時，使役的對象有用「に」表示者，亦有用「を」表示者。用「に」表示時，係表示告訴對方，依對方的意志讓其做該動作之意。因此「子供に行かせる」句，可插入表示要求的語句。如：

　　　子供に頼んで行かせる。
　　　子供にお願いして行かせる。
　　　子供に言い聞かせて行かせる。

　相對地，使役對象用「を」表示時，與對方的意志無關而片面地決定要對方做該動作之意，其間不能插入表示要求的語句。

　助詞「に」原本表示存在的場所，用在使役時，亦有表示對象之

存在的功能。「を」係表示單方面對對象的動作・作用，所以用在使役時，亦有單方面命令對方，使其做該動作之意。（參閱 179 頁）。

H　副詞

(35)　びりびりと破く。（克嗤克嗤地撕破。）
　　　びりびりに破く。（撕得粉碎。）

像「びりびりと」一樣，有詞尾「と」的副詞係表示動作的過程，即現在發出聲音的狀態。而「びりびりに」之類有詞尾「に」的副詞係將重點放在結果的狀態，如上句係指被撕破之後變成粉碎的狀態。

I　敬語

(36)　犬にえさをやる。（給狗食物。）
　　　犬にえさをあげる。（給狗食物。）

「あげる」是「やる」的謙讓語，本來是用於對長輩贈送東西或為長輩做事的敬語。因此如「犬にえさをあげる」或「娘に本をあげる」，對動物或晚輩使用「あげる」，被認為是錯誤的用法。但現在有許多人在日常生活中使用「あげる」。認為用「やる」是粗俗的人，就使用「あげる」做為客氣的措詞而不認為是謙讓語。「あげる」可以說是由謙讓語轉用於客氣語的詞。

(37)　田中さんでいらっしゃいます。（是田中先生。）
　　　田中さんでございます。（是田中先生。）

將「この方は田中さんだ（這一位是田中先生）」改說為客氣的說法是「この方は田中さんです」。再說得更客氣時是「この方は田中さんでいらっしゃいます」。「いらっしゃる」是尊敬語，接「ま

す」而成「いらっしゃいます」表示說話者對田中先生表示敬意。而說成「田中さんでございます」時，說話者並非對田中先生表示敬意，只是表示說話者對對方說話很客氣。「ございます」是客氣語，而非尊敬語。（參閱 221 頁）

(38)
> 先生が教室にいらっしゃる。（老師在教室。）
> 先生が教室においでになる。（老師在教室。）

日語中具有「行く」「来る」「居る」三種意義的尊敬語有「いらっしゃる」和「おいでになる」。

「先生が教室にいらっしゃいます」有老師現在「在」（居る）教室之意，亦可解釋為老師「去」（行く）教室，或由別的地方「來」（来る）教室。

「先生が教室においでになる」亦同，有老師「在」（居る）教室之意，亦有「去」（行く）教室或由別處「來」（来る）教室之意。此種詞在奈良時代已經存在。「います」這個動詞用於「居る」「行く」「来る」三種意義。到了平安時代，除了「います」之外，也使用「おはす」。如此，日語自古以來就有涵蓋三種意義的尊敬動詞。

「いらっしゃる」是由「入らせられる」變化而來，表示進入某種場所之意。「入る」由外部掌握該動作的詞，是「到着して来る（到來）」之意，又成為坐（坐っている）在那裏之意。「入らせられる」是江戶時代的詞，如「御內へ入らせられる（進入裏面）」，由進入裏面之意，再發展為「行く」之意，如「二階へいらっしゃいまし（請上二樓）」，再變成如「御機嫌よくていらっしゃる（精神好）」等有表示「居る」之意。「来る」是移動到自己所在的地方，但以對方為中心來考慮，「相手の場所に来る（到對方的場所）」即表示

— 256 —

「行く」之意。「いらっしゃる」是由「入る」形成的詞，而「おいでになる」是由「出づ」形成的詞。（参考朝日週刊「日本語相談」）
（参閲本書 221 頁）

〔2〕從意義上做助詞分類（主要用法）

(1) 表示主語者

①句子的主語。

〔 が 〕（主体）　花が咲く。（花開。）

〔 は 〕（判別）　鳥は鳴く。（鳥是啼叫。）

〔 も 〕（添加）　ぼくも帰る。（我也要回去。）

〔こそ〕（強調）　君こそ行け。（你去！）

〔しか〕（限定）　子供しかいない。（只有小孩子在。）
　　　　　　　　　　　　——一定要用否定。

②句中的主語。

〔の〕　　栗の実のなる季節。（栗子結果實的季節。）

　　　　　髪の長い少女。（長頭髪的少女。）

(2) 表示動作・作用對象。

①狀態（作用）的對象。

〔が〕　　わたしはりんごが好きだ。（我喜歡吃蘋果。）

〔に〕　　ぼくは熱に強い。（我不怕熱。）

〔は〕　　父は英語は話せる。（父親會説英文。）

〔も〕　　母はフランス語もできる。（母親也懂法文。）

〔を〕　　兄は中国語を話せる。（哥哥會説中國話。）

②動作的對象（物）。

〔は〕（判別）　　お酒は飲む。（喝酒。）

〔も〕（添加）　　ピアノも弾く。（鋼琴也彈。）

〔に〕（存在）　　壁に張る。（貼在牆壁上。）

③動作的對象（人）。

　　〔へ〕　　先生へ手紙を書く。（寫信給老師。）

　　〔に〕　　母親に相談する。（跟母親商量。）

④使役的對象。

　　〔に〕　　子供に行かせる。（讓小孩子去。）

　　〔を〕　　子供を行かせる。（叫小孩子去。）

⑤被動的來源。

　　〔に〕　　先生にほめられる。（被老師誇獎。）

(3)　**表示起點**。

①動作的起點。

　　〔 を 〕　家を出る。（從家裏出來。出門。）

　　〔から〕　学校から帰る。（從學校回來。）

②作用的起點。

　　〔から〕　涙が目から落ちる。（眼淚落下。）

　　　　　　東から吹く。（從東方吹來。）

(4)　**表示場所**。

①通過的場所。

　　〔を〕　　道を歩く。（在路上走。）

②存在的場所。

　　〔に〕　　海に魚がいる。（海裏有魚。）

　　　　　　店にパンがある。（店裏有麵包。）

〔の〕　　　庭の桜。（院子裏的櫻花。）

　　　　　　　東京の店。（在東京的商店。）

③動作的場所。

　〔で〕　　　川で泳ぐ。（在河裏游泳。）

④目的的場所。

　〔に〕　　　山に登る。（爬到山頂。）

(5)　**表示時間**。

①動作・作用的時間。

　〔に〕　　　５時に起きる。（五點起床。）

　　　　　　　春に咲く。（在春天開。）

　〔の〕　　　朝の月。（早晨的月亮。）

　　　　　　　秋の大会。（秋季的大會。）

②動作・作用進行後不久。

　〔ばかり〕　今、寝たばかりだ。（剛剛就寢。）

(6)　**表示目的**。

①到達點・歸著點。

　〔に〕　　　駅に着く。（到達車站。）

　　　　　　　歌手になりたい。（想當歌手。）

　　　　　　　マンガ家になった。（成為漫畫家了。）

②方向。

　〔へ〕　　　外国へ行く。（去外國。）

(7) **表示原因・理由。**

　　〔に〕　　借金に苦しむ。（為負債所苦。）

　　〔で〕　　戦争で死んだ。（因戰爭而死。）

　　〔ばかりに〕　どなったばかりに嫌われた。

　　　　　　　　　　（因大聲吼叫而受人討厭。）

　　〔ので〕　雪が降ったので、外は真白だ。

　　　　　　　　　　（因為下雪，外面一片雪白。）

　　〔から〕　もう遅いから寝なさい。（已經晚了，睡覺吧！）

　　〔て〕　　暗くてよく見えない。（因光線不佳而看不清楚。）

(8) **表示結果。**

　　〔に〕　　氷が溶けて水になった。（冰溶解而成水。）

　　　　　　　学校を卒業して先生になった。

　　　　　　　　　　（學校畢業後當老師了。）

　　〔と〕　　ちりが積もって山となった。（積沙成塔。）

　　　　　　　恐竜が化石と化した。（恐龍變成了化石。）

(9) **表示手段。**

　　〔で〕　　ペンで書く。（用筆寫。）

　　　　　　　車で行く。（搭車去。）

(10) **表示材料。**

　　〔で〕　　セーターは毛糸で編む。（毛線衣用毛線編織。）

　　〔から〕　ビールは麦から作る。（啤酒用麥釀造。）

(11)　**表示比較。**

　　〔より〕　兄は弟より背が高い。（哥哥的個子比弟弟高。）

　　〔と〕　　英語と数学ではどちらが難しいか。

　　　　　　　（英語和數學那一種困難呢？）

(12)　**表示限定・限界。**

　　〔より〕　あきらめるより方法がない。（只有放棄一途。）

　　〔さえ〕　子供さえ知っている。（連小孩都知道。）

　　　　　　　水さえあれば助かった。（只要有水就得救。）

　　〔でも〕　先生でも知らないことがある。

　　　　　　　（老師也有不懂之處。）

　　〔だって〕君だってわかるだろう。（你也懂吧！）

　　〔きり〕　あれっきり会っていない。（那次以後就沒見過。）

　　〔だけ〕　あなたにだけ教えます。（只教你。）

　　〔まで〕　子供にまで笑われる。（甚至於被小孩子取笑。）

　　〔ばかり〕テレビばかり見ている。（光看電視。）

　　〔も〕　　30分も待たされた。（〔被迫〕等了30分鐘。）

　　〔しか〕　休みは３日しかない。（放假只有三天。）

(13)　**表示範圍。**

　　〔から〕（起點）　横浜から東京まで。（從橫濱到東京。）

　　〔まで〕（限界）　雨が夕方まで降った。（雨下到傍晚。）

　　　　　　　　　　心ゆくまでゆっくり味おう。

　　　　　　　　　　（盡情地好好品嚐吧！）

(14) 表示添加。

〔さえ〕 雨だけでなく雷さえ鳴り出した。

(不僅雨，也開始打雷了。)

〔まで〕 御馳走になった上、お土産までいただいた。

(請吃飯之後，又送給我禮品。)

(15) 表示共同。

①一起動作。

〔と〕 友達と旅行する。(與朋友一起旅行。)

②相互動作。

〔と〕 他校と試合をする。(與別校舉行比賽。)

(16) 表示引用。

〔と〕 危ないと叫んだ。(大聲叫著危險。)

「早く帰ろうよ」と言った。

(他説：「早一點回去嘛！」)

(17) 表示所有。

〔の〕 子供の机。(小孩子的書桌)

母の手。(母親的手)

春の海。(春天的海洋)

一枚の絵。(一張畫)

山の上。(山上)

(18) **表示例示。**

〔でも〕　この本でも読んで下さい。（這本書也請讀一讀。）

〔くらい（ぐらい）〕

　　　　　お茶ぐらい飲んでいきませんか。

　　　　　　　　（喝杯茶再去好嗎？）

〔など〕　映画など見ませんか。（看看電影好嗎？）

〔なり〕　係りの者なりに申し出て下さい。

　　　　　　　（請向承辦人提出。）

〔たり〕　雨の日は滑ったりすると危ない。

　　　　　　　（下雨天滑倒，是危險的。）

(19) **表示並列・列舉。**

〔と〕　　栗と柿とりんごを買う。（買栗子、柿子和蘋果。）

〔や〕　　桜や梅や松の樹がある。

　　　　　　　（有櫻樹、梅樹和松樹等。）

〔とか〕　本とかノートとかペンを売る。

　　　　　　　（賣書啦、筆記簿啦、筆等等。）

〔も〕　　味も香りも見ためもよい。

　　　　　　　（味道、香味、外觀都很好。）

〔だって〕馬だって牛だって羊だって家畜だ。

　　　　　　　（馬、牛、羊都是家畜。）

〔やら〕　鰯やら鯖やら鰺が釣れた。

　　　　　　　（釣到了鰮魚、青魚、竹莢魚。）

〔が〕　　絵も得意だが歌も得意だ。

　　　　　　　（圖畫得好，歌也唱得棒。）

〔けれど〕運動もするけれど、勉強する。

（做運動也唸書。）

〔し〕　　お肉も食べたし魚も食べた。

（肉也吃，魚也吃。）

〔て〕　　鯵のたたきは開いて、おろして、切って、たたいて作る。

（拍鬆的竹莢魚是經剖開、去除內臟、切片、拍鬆而製成。）

〔たり〕　泣ったり、笑ったり、怒ったりする

（有時哭，有時笑，有時發脾氣。）

⒇　**表示比例。**

〔だけ〕　食べれば食べるだけ太る。（越吃越胖。）

〔ほど〕　暑くなるほど、ビールが売れる。

（天氣越熱，啤酒銷路越好。）

㉑　**表示全部（上接疑問詞）。**

〔だって〕何だって食べる。（什麼都吃。）

〔でも〕　誰でも知っている。（任何人都知道。）

〔なり〕　どこなりと伺います。（不論何處都要去拜訪。）

〔も〕　　いつも留守だ。（經常不在。）

㉒　**表示選擇。**

〔なり〕　電話なり手紙なり知らせて下さい。

（請打電話或寫信告訴我。）

〔か〕　　鈴虫かくわがたかきりぎりすを飼おう。

（養鈴蟲或鍬形蟲或螽斯吧！）

⒇　**表示不確定。**

〔やら〕　何やら動く気配がする。（總覺得有動的跡象。）

〔か〕　　誰か立っている。（好像有人站著。）

⒇　**表示對比。**

①確定的對比。

〔は〕　　夏は暑いが、冬は寒い。（夏天熱，而冬天冷。）

②不確定的對比。

〔か〕　　行くか行かないかわからない。（去不去不知道。）

〔やら〕　降るやら晴れるやらはっきりしない天気だ。

（天氣時雨時晴，變幻莫測。）

⒇　**提示題目。**

①判別。

〔は〕　　春は、鳥が鳴き、花が咲き、地上のあらゆるもの
が蘇える。（春天鳥語花香，地面萬物都甦醒了。）

②添加。

〔も〕　　今夜も、空がよく晴れて星がきれいに見える。

（今夜也是晴空萬里，星光閃爍，看起來很美。）

③強調。

〔こそ〕　鯉こそ、地上のあらゆる生物の中で最高の長寿だ。

（鯉魚才是地面所有生物之中壽命最長的。）

(26)　表示順接。

〔ば〕　　犬も歩けば、棒に当たる。

　　　　　　（連狗外出也會遭棒打。轉為積極行事也會碰到
　　　　　　好運氣。）

〔と〕　　歩くと、10分位かかる。（走路的話，大約10分鐘
　　　　　　左右。）

〔たら〕　人を見たら、泥棒と思え。

　　　　　　（見了人就把他當做小偷。比喻要處處小心謹慎。）

〔なら〕　君も帰るなら、ぼくも帰る。

　　　　　　（你要回去的話，我也要回去。）

〔ので〕　春になったので、暖かい。（春天來了所以很暖和。）

〔から〕　天気がよいから、出かけよう。

　　　　　　（天氣很好，我們出去吧！）

(27)　表示逆接。

〔ても〕　雨が降っても出かける。（即使下雨也要出去。）

〔でも〕　いくら呼んでも返事がない。

　　　　　　（不論叫多少次都沒有回答。）

〔けれども〕がんばってみるけれども、自信はない。

　　　　　　（要努力看看，但沒有自信。）

〔けれど〕雪が降っているけれど、出かけよう。

　　　　　　（雖然下著雪，還是出去吧！）

〔が〕　　気温は高いが、湿度が少ない。

　　　　　　（氣温雖然高，但濕度很低。）

〔のに〕　まだ若いのに、老けて見える。

（還年輕但看起來却老態龍鐘。）

〔ながら〕知っていながら、知らないふりをする。

（明明知道，却裝做不知道。）

〔ものの〕手伝いには来たものの、何の役にも立たない。

（雖然來幫忙了，但起不了作用。）

〔ところが〕電話をかけたところが、誰もいない。

（雖打電話了，但沒有人在。）

〔ところで〕あわてたところで、間に合わない。

（即使著急，也來不及了。）

(28) **表示引子・開場白。**

〔ば〕　　一言で言えば……（一言以蔽之。）

〔たら〕　一言で言ったら……（一言以蔽之。）

〔なら〕　一言で言うなら……（一言以蔽之。）

〔と〕　　簡単に申しますと、……（簡單地說……）

〔けれど〕すみませんけれど、（對不起，……）

〔が〕　　ちょっと伺いたいのですが……（想請教一下。）

(29) **表示動作順序。**

〔て〕　　顔を洗って、歯をみがいて、御飯を食べる。

（洗臉，刷牙，吃飯。）

(30) **連接補助動詞。**

〔て〕　　花が咲いている。（花正開著。）

窓が開けてある。（窗戶開著。）

(31) **表示動作同時進行。**

〔ながら〕手を振りながら歩く。（邊揮手邊走路。）

(32) **表示兼做其他事情。**

〔かたがた〕お見舞いかたがた伺う。（去慰問順便拜訪。）

〔がてら〕　見送りがてら駅まで行く。（順便去車站送行。）

(33) **表示疑問・詢問。**

〔か〕　　そこにいるのはだれか。（在那裏的是誰呢？）

　　　　どこが駅ですか。（哪裏是車站呢？）

(34) **表示反語・反問。**

〔か〕　　負けてたまるか。（輸了怎麼受得了？）

(35) **表示勸誘。**

〔か〕　　お茶でも飲まないか。（喝杯茶好嗎？）

(36) **表示感嘆。**

〔か〕　　　　もう秋か。（已經秋天了！）

〔な（なあ）〕きれいだな。（好美啊！）

　　　　　　羨しいなあ。（好羨慕啊！）

〔わ〕　　　素晴らしいわ。（好棒啊！）

〔ね（ねえ）〕すてきね（ねえ）（好棒！）

(37) **表示請求・委託。**

〔か〕　　その本を貸してくれない<u>か</u>。（那本書借給我好嗎？）

(38) **表示責備。**

〔か〕　　まだやめないの<u>か</u>。（還不停止嗎！）

(39) **表示確定。**

〔か〕　　わかった<u>か</u>。（懂了噢！）

(40) **表示禁止。**

〔な〕　　行く<u>な</u>。（不可以去）

　　　　　来る<u>な</u>。（不可以來）

(41) **表示命令。**

〔な〕　　行き<u>な</u>。（去呀！）

　　　　　来<u>な</u>。（來呀！）

(42) **表示調整語氣・叮囑・隨聲附和。**

〔とも〕　それでいい<u>とも</u>。（當然那就好！）

〔ぞ〕　　さあ！行く<u>ぞ</u>。（喂！要走了哦！）

〔ね〕　　これでいい<u>ね</u>。（這可以吧！）

〔わ〕　　知らない<u>わ</u>。（我不知道啊！）

〔わよ、わね〕いい<u>わ</u>よ。（可以啊！）

　　　　　　　いい<u>わ</u>ね。（可以吧！）

〔3〕同音而品詞不同的區別

①あまり

△名　詞：喜びの<u>あまり</u>飛びはねた。（因太高興而雀躍。）

△副　詞：<u>あまり</u>食べすぎるな。（不要吃得太多。）

△名詞之一部、接尾語

　　　　夏休みまであと10日<u>あまり</u>ある。

　　　　（到暑假還有十多天。）

②ある

△連体詞：<u>ある</u>寒い朝のことだった。

　　　　（是某一個寒冷的早上〔的事。〕）

△動　詞：テーブルの上に本が<u>ある</u>。（桌子上有書。）

△補助動詞：窓が開けて<u>ある</u>。（窗戶開著。）

③あれ

△代名詞：<u>あれ</u>は何ですか。（那是什麼呢？）

△感動詞：<u>あれ</u>！助けて！（唉呀！救命啊！）

④いくら

△名　詞：この本は<u>いくら</u>ですか。（這本書多少錢呢？）

△副　詞：<u>いくら</u>頼んでも来てくれない。

　　　　（不論怎麼要求都不來。）

⑤が

△格助詞：桜<u>が</u>咲いた。（櫻花開了。）

△接續助詞：絵も好きだ<u>が</u>、歌も好きだ。

　　　　　（喜歡繪畫，也喜歡唱歌。）

△接續詞：風は止んだ。が、波はまだ高い。

（風停了，但波浪還很高。）

⑥から

△格助詞：学校から帰った。（從學校回來。）

△接續助詞：雨が降るから出かけない。（因為下雨所以不出去。）

△接續詞之一部：風を引いた。だから薬を飲んだ。

（感冒了，所以吃了藥。）

⑦けれども（けれど）

△接續助詞：電話したけれど、留守だった。

（打過電話，但不在家。）

△接續詞：十分寝た。けれど、まだ眠い。

（睡了十分鐘，但還想睡。）

⑧こと

△名詞：ことは重大だ。（事情很嚴重。）

△形式名詞：君にもできないことはない。（你也並非不會。）

⑨これ

△代名詞：これが本です。（這是書。）

△感動詞：これ！何をしているのだ。（喂！你在做什麼呢？）

⑩させる

△サ變動詞的未然形「さ」＋使役助動詞

散歩させる。（讓……散步。）

△使役助動詞

窓を閉めさせる。（叫……關窗戶。）

⑪したがって

△動詞「したがう」的連用形＋助詞「て」

先生にしたがって行動する。（跟隨老師行動。）

△接續詞

日本には四季がある。したがって、あいさつの言葉も時候
に関するものが多い。

（日本四季分明。因此，問候語與時令有關者頗多。）

⑫すると

△サ變動詞＋助詞「と」

毎朝ラジオ体操すると健康によい。

（每天早上做無線電健康操，對健康有益。）

△接續詞

駅に着いた。するとすぐに電車が来た。

（到了車站，電車馬上就來了。）

⑬せる

△下一段動詞

服を着せる。（給……穿衣服。）

△使役助動詞

服を着させる。（叫……穿衣服。）

⑭そう

△副詞：そう食べると、体に悪いよ。（那麼吃對身體不好！）

△感動詞：そう！よくわかりました。（噢！知道了！）

△傳聞助動詞的語幹

あしたは晴れるそうだ。（聽說明天會放晴。）

⑮そこで

△代名詞「そこ」＋助詞「で」

銀座へ行った。そこで友達にばったり出会った。

（我到銀座去了。在那裏突然遇到朋友。）

　△接續詞

　　怪我をした。そこで急いで病院へ行った。

　　（受傷了。因此立刻到醫院去了。）

⑯だ

　△ナ形容詞的活用語尾

　　　夜は静かだ。（夜晚很寂靜。）

　△斷定助動詞

　　　あれは金星だ。（那一顆是金星。）

　△助動詞「た」的音便形

　　　牛乳を飲んだ。（喝了牛乳。）

　△傳聞助動詞的活用語尾

　　　外国へ出発するそうだ。（聽説要去外國。）

⑰ちょっと

　△副詞：ちょっと着てみる。（穿一下看看。）

　△感動詞：ちょっと、待って。（喂，等一下。）

⑱で

　△ナ形容詞的活用語尾（連用形）

　　　この問題は複雑で困る。

　　　（這個問題複雜，很傷腦筋。）

　△斷定助動詞「だ」的連用形

　　　父は医者で、母は看護婦だ。

　　　（父親是醫生，而母親是護士。）

　△格助詞：ペンで書く。（用筆寫。）

　△接續助詞：読んでみる。（讀讀看。）

⑲でも

　△格助詞「で」＋係助詞「も」

　　　学校でも家でも勉強する。

　　　（在學校在家裏都讀書。）

　△斷定助動詞連用形「で」＋係助詞「も」

　　　彼は歌手でも俳優<ruby>俳優<rt>はいゆう</rt></ruby>でもない。

　　　（他不是歌手也不是演員。）

　△副助詞：テレビでも見ようか。（看看電視好嗎？）

　△接續助詞：いくら呼んでも返事がない。

　　　　　　（不論叫多少次都沒有回答。）

　△ナ形容詞活用語尾連用形「で」＋係助詞「も」

　　　それほど丈夫でもない。（並不那麼堅固。）

　△接補助動詞的接續助詞「で」＋係助詞「も」

　　　きちんと読んでもみないで、批評はできない。

　　　（沒有仔細讀讀看，不能批評。）

　△接續詞：３月、でも、まだ寒い。（三月了，可是還很冷。）

⑳と

　△副詞之一部

　　　ぴかぴかと光る。（閃閃發光。）

　△格助詞：母と外出する。（跟母親外出。）

　△接續助詞：窓を開けると、港が見えた。

　　　　　　（一打開窗戶就可以看到港口。）

　△接續詞的一部。

　　　鳥が来た。と思ったら飛んでいった。

　　　（鳥飛來了，一下子又飛走了。）

△連体詞的一部，接頭語

　　　　とある店先で彼に会った。（在某家商店前遇到了他。）

㉑ところ

　　△名詞：景色のよいところだ。（景色很好的地方。）

　　△形式名詞：読み終わったところだ。（剛讀完。）

　　△接續助詞的一部

　　　　頼んだところが、無駄だった。（雖然拜託了，但沒有用。）

㉒どれ

　　△代名詞：どれが北極星ですか。（哪一顆是北極星呢？）

　　△感動詞：どれ、始めようか。（喂！開始吧！）

㉓な

　　△斷定助動詞「だ」的連体形

　　　　休みなので家にいる。（因為放假所以在家。）

　　△ナ形容詞活用語尾連体形

　　　　彼は親切なので好かれる。（他很親切所以受歡迎。）

　　△終助詞：あわてるな。（不要慌張。）

㉔なあ

　　△感動詞：なあ！頼むよ。（喂！拜託你啦！）

　　△終助詞：きれいだなあ。（好漂亮啊！）

㉕に

　　△ナ形容詞連用形

　　　　きれいに咲いた。（開得很漂亮。）

　　△副詞之一部

　　　　すぐに帰った。（馬上回去了。）

　　△格助詞：六時に起きる。（六點起床。）

㉖ね

　△動詞的假定形

　　　死ねば、わかるよ。（死的話，就知道了。）

　△否定助動詞「ぬ」的假定形

　　　行かねば、わからない。（去才知道。）

　△感動詞：ね！一緒に遊ぼう。（喂！一起玩吧！）

　△終助詞：相変らず忙しそうだね。（看樣子仍然很忙。）

㉗の

　△助詞：日本の秋。（日本的秋天。）

　△連体詞之一部：あの山。（那座山。）

　△助詞：しばらくの間。（暫時。）

　△形式名詞：この本は学校のだ。（這本書是學校的。）

㉘また

　△副詞：また雨が降ってきた。（又下起雨來了。）

　△接續詞：日本酒を飲み、また、洋酒を飲む。

　　　　　　（喝日本清酒，又喝洋酒。）

㉙よう

　△名詞之一部

　　　説明のしようがない。（無法説明。）

　△助動詞：映画でも見よう。（看看電影吧！）

㉚よく

　△形容詞的連用形

　　　味もよく、香りもよい。（味道好，又香。）

　△副詞：よく雨が降る。（常常下雨。）

㉛より

　　△助詞：死ぬより他に方法がない。（只有死路一條。）

　　△副詞：より一段と背が伸びた。（個子長得更高了。）

㉜らしい

　　△助動詞：歩いて来るのは子供らしい。

　　　　　　　　　（走路來的好像是小孩。）

　　△形容詞之一部，接尾語

　　　　子供らしい顔つき。（娃娃臉。）

㉝られる

　　△動詞的活用語尾＋助動詞

　　　　叱られる。（挨罵。）

　　△助動詞：来られる。（能來。）

㉞れる

　　△動詞的活用語尾

　　　　葉が枯れる。（樹葉枯萎。）

　　△可能動詞的活用語尾

　　　　船に乗れる。（可以搭船。）

　　△助動詞：思い出される。（自然想起。）

㉟ん

△形容名詞：行くんです。（要去。是要去的。）

△助動詞：行きません。（不去。）

附錄　　動詞活用表

種　類	行	基本形	語幹	未然形	連用形	終止形	連體形	假定形	命令形
五段 活用	カ	書　く	か	かこ	きい	く	く	け	け
		行　く	い	かこ	きっ	く	く	け	け
	ガ	泳　ぐ	およ	がご	ぎい	ぐ	ぐ	げ	げ
	サ	話　す	はな	さそ	し	す	す	せ	せ
	タ	立　つ	た	たと	ちっ	つ	つ	て	て
	ナ	死　ぬ	し	なの	にん	ぬ	ぬ	ね	ね
	バ	呼　ぶ	よ	ばぼ	びん	ぶ	ぶ	べ	べ
	マ	読　む	よ	まも	みん	む	む	め	め
	ラ	走　る	はし	らろ	りっ	る	る	れ	れ
		あ　る	あ	○ろ	りっ	る	る	れ	れ
		なさる	なさ	らろ	いっ	る	る	れ	い
	ワア	買　う	か	わお	いっ	う	う	え	え
上一段 活用	ア	居　る	○	い	い	いる	いる	いれ	いろ(いよ)
		悔いる	く						
	カ	着　る	○	き	き	きる	きる	きれ	きろ(きよ)
		起きる	お						
	ガ	過ぎる	す	ぎ	ぎ	ぎる	ぎる	ぎれ	ぎろ(ぎよ)
	ザ	閉じる	と	じ	じ	じる	じる	じれ	じろ(じよ)
	タ	落ちる	お	ち	ち	ちる	ちる	ちれ	ちろ(ちよ)
	ナ	煮　る	○	に	に	にる	にる	にれ	にろ(によ)
	ハ	干　る	○	ひ	ひ	ひる	ひる	ひれ	ひろ(ひよ)
	バ	浴びる	あ	び	び	びる	びる	びれ	びろ(びよ)
	マ	見　る	○	み	み	みる	みる	みれ	みろ(みよ)
		試みる	こころ						
	ラ	降りる	お	り	り	りる	りる	りれ	りろ(りよ)

		基本形	語幹	未然形	連用形	終止形	連體形	假定形	命令形
下一段活用	ア	得 る	○	え	え	える	える	えれ	えろ(えよ)
		考える	かんが						
	カ	助ける	たす	け	け	ける	ける	けれ	けろ(けよ)
	ガ	投げる	な	げ	げ	げる	げる	げれ	げろ(げよ)
	サ	寄せる	よ	せ	せ	せる	せる	せれ	せろ(せよ)
	ザ	混ぜる	ま	ぜ	ぜ	ぜる	ぜる	ぜれ	ぜろ(ぜよ)
	タ	捨てる	す	て	て	てる	てる	てれ	てろ(てよ)
	ダ	出 る	○	で	で	でる	でる	でれ	でろ(でよ)
		撫でる	な						
	ナ	寝 る	○	ね	ね	ねる	ねる	ねれ	ねろ(ねよ)
		訪ねる	たず						
	ハ	経 る	○	へ	へ	へる	へる	へれ	へろ(へよ)
	バ	比べる	くら	べ	べ	べる	べる	べれ	べろ(べよ)
	マ	集める	あつ	め	め	める	める	めれ	めろ(めよ)
	ラ	流れる	なが	れ	れ	れる	れる	れれ	れろ(れよ)
カ変	カ	来 る	○	こ	き	くる	くる	くれ	こい
サ変	サ	す る	○	させし	し	する	する	すれ	しろ(せよ)

形 容 詞 活 用 表

種 類	基本形	語幹	未然形	連 用 形			終止形	連體形		假定形	命令形
イ形容詞 (普通形)	白 い	しろ	かろ	かっ	く	う	い	い		けれ	○
イ形容詞 (特殊形)	大きい	大き	かろ	かっ	く	う	い	い	な	けれ	○
ナ形容詞 (普通形)	静かだ	静か	だろ	だっ	で	に	だ	な		なら	○
ナ形容詞 (特殊形)	同じだ	同じ	だろ	だっ	で	に	だ	(な)		なら	○

助 動 詞 活 用 表

意 味	基本形	未然形	連用形	終止形	連體形	假定形	命令形	接　　　續
斷 定	だ	だ ろ	だっ で	だ	（な）	な ら	○	體言・副詞・助詞 活用語的連體形
客氣的 斷定	で す	でしょ	で し	で す	（です）	○	○	體言・副詞・助詞 活用語的連體形
丁 寧	ま す	ませ ましょ	ま し	ま す	ま す	（ますれ）	ませ まし	動詞・助動詞的連 用形
否 定	な い	なかろ	なかっ なく	な い	な い	なけれ	○	活用語的未然形
	ぬ(ん)	○	ず	ぬ(ん)	ぬ(ん)	ね	○	
過去 完了	た(だ)	た ろ	たっ	た	た	た ら	○	活用語的連用形
推 定	らしい	○	らしかっ らしく	らしい	らしい	○	○	体言・形容詞的語 幹 副詞・助詞（由體 言轉用者）活用語 的終止形
傳 聞	そうだ	○	そうで	そうだ	○	○	○	活用語的終止形
推量・ 意志	う	○	○	う	（う）	○	○	活用語的未然形 （動詞只接於五段 動詞）
	よ う	○	○	よ う	（よう）	○	○	五段動詞以外的動 詞及助動詞的未然 形
否定的 意志・ 推量	ま い	○	○	ま い	（まい）	○	○	五段動詞的終止形 五段以外的動詞的 未然形

準 助 動 詞 的 活 用 表

意　味	基本形	未然形	連用形	終止形	連體形	假定形	命令形	接　　　續
使　役	せ　る	せ さ	せ （し）	せ　る （す）	せ　る （す）	せ　れ	せ　ろ （せよ）	五段・サ變的未然形
	させる	させ	させ	させる	させる	させれ	させろ （させよ）	上一・下一・カ變的未然形
受身 尊敬 可能 自發	れ　る	れ	れ	れ　る	れ　る	れ　れ	れ　ろ （れよ）	五段・サ變的未然形
	られる	ら　れ	ら　れ	られる	られる	られれ	られろ （られよ）	上一・下一・カ變的未然形
希　望	（た） い	（た） かろ	（た） かっ （た）く	（た） い	（た） い	（た） けれ	○	接於動詞的連用形構成形容詞
	（た） がる	（た） がら	（た） がり （た） がっ	（た） がる	（た） がる	（た） がれ	（た） がれ	「見たい」「会いたい」的語幹「がる」構成動詞

助詞的接續表

	格助詞	副 助 詞	係 助 詞	接續助詞	終 助 詞	間投助詞
體言	が、の、を、に、へ、と、より、から、で	さえ、でも、だって、きりだけ、まで、ばかり、などほど、くらいなり、やら、か	は、も、こそ、しか	と、とか、がてらかたがたや	が、よ、さ、かなあ、かしら	ね、さ、よ
形容詞		さえ、か	は、も、こそ、しか	と、し、ながら	わ、さ、よか、かしらこと、ぞ、ぜ、とも	ね、さよ
副 詞		さえ	は、も、こそ、しか		か、な、よね(ねえ)さ、かしら	ね、さ、よ
連體詞		くらい				
接續詞						ね、さ、よ
助 詞		さえ、でも、だって、まで、ばかり、くらい、など、なり、やら、か、ほど	は、も、こそ、しか		かなあ、よね(ね)、さ、かしら	ね、さ、よ
連用形		でも、など	は、も、こそ、しか	ても(でも)て(で)ながらたり(だり)	な	ね、さ、よ
終止形			と、が、から、し、けれど(けれども)、ながら、とか	と、けれど(けれども)が、から、し、ながら	の、こと、かしら、わ、ね、さ、よぞ、ぜ、とも、な、なあ、か	
連體形		きり、だけまで、ばかりほど、くらいやら、か	は、も、こそ、しか	のに、のでものの		ね、さ、よ
假定形				ば		ね、さ、よ
命令形					よ	

譯　者　的　話

　　本書原附有副標題：「回答教師的問題」。其編寫要旨，作者在「前言」中已有說明。

　　日語中有不少詞彙和表達方式相似，而其意義和用法有些微差別，尤以助詞的用法為然。這些問題日本人在日常語言生活中並未察覺而很自然地在使用自己的語言。可是在教外國人學習日語時，這些問題由於外國學生的質疑而一一呈現出來。本書即以此等問題為中心編輯而成。因此本書在體例上，與一般文法書的編寫方式不同。可以說是創新的編寫方式。

　　日語的助詞是學習日語者最感頭痛的，類似用法也最多，本書對此不厭其煩的舉例，加以簡單扼要的說明，可以說是本書最具特色之處。讀者若能詳讀本書，相信對助詞的用法必能有具體的認識。

　　助動詞也是日語的特徵之一，在學習上也令人頭痛。本書對助動詞的分類，與一般文法書不同，如「れる、られる、せる、させる、たい、たがる」一般均列為助動詞，而本書則稱為準助動詞，視為動詞在使用上的一部分，其性質與助動詞不同。此僅是定義問題，不論稱其為助動詞或準助動詞，在功能及用法上並無二致。在學習上不必拘泥於名稱問題，最重要的是瞭解各助動詞的功能與用法。本書對此亦有淺易的分析與說明。

　　作者對少數形容詞亦提出其個人的觀點，可供參考。我們在學習上最重要的是瞭解其意義和用法。此外，在相同內容的說明上有重複之處，作者在「後記」（翻譯省略）中表示，係因閱讀本書時不一定從頭到尾讀完，乃重複加以說明，以便部分閱讀時亦能瞭解。

總之，本書的編寫方式不同於一般文法書，其特色在於將類似的用法加以淺易的説明與辨析，幫助讀者瞭解，可解決讀者對日語的許多疑問，值得參考。適合於自修及教學之用。

　　本書的翻譯與出版，承蒙鴻儒堂出版社黃成業先生鼎力支持與協助，謹此致謝。

作者簡介

黃朝茂

1936年生　台灣高雄縣人　日本立正大學文學部畢業
日本東京教育大學文學碩士
現任東吳大學日文系兼任講師，
　　景文工商專科學校專任講師
著作：「日語助詞助動詞用法」（水牛）
　　　「簡明日語文法」（文翔）
　　　「最新日語句型讀本」（文翔）
　　　「日本語の構造文型に關する一考察」（文翔）
　　　其他譯著十數種

田中稔子の
日本語の文法
定價：250 元

1994 年(民 83 年)3 月初版一刷
2001 年(民 90 年)9 月初版三刷
本出版社經行政院新聞局核准登記
登記證字號：局版臺業字 1292 號

著　　　者：田中稔子
譯　　　者：黃朝茂
發　行　人：黃成業
發　行　所：鴻儒堂出版社
地　　　址：台北市中正區 100 開封街一段 19 號二樓
電　　　話：23113810・23113823
電話傳眞機：23612334
郵 政 劃 撥：01553001
E － mail：hjt903@ms25.hinet.net

本書凡有缺頁、倒裝者，請逕向本社調換
本書經日本近代文藝社授權出版

TANAKA TOSHIKO NO NIHONGO NO BUNPO
©TANAKA TOSHIKO 1990
Originally published in Japanese in 1990by Kindai bungei sya Co., LTD.
Chinese translation rights arranged through TOHAN CORPORA-TION,
TOKYO.